树的轮回

秀陶散文诗选

[美] 秀陶 —— 著

广西师范大学出版社
·桂林·

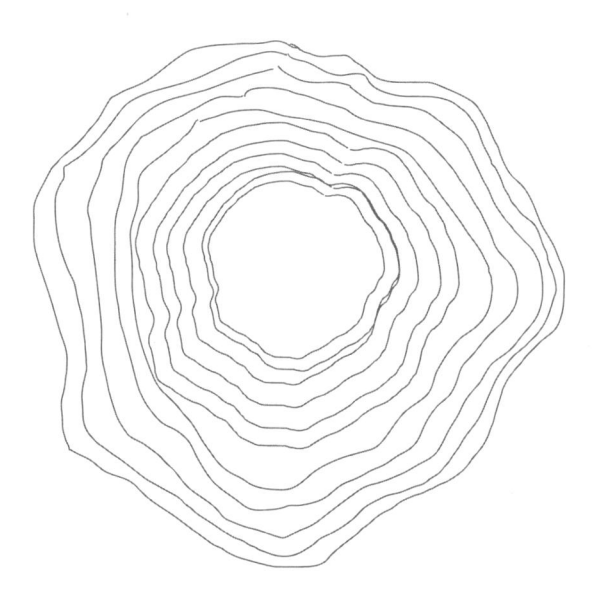

自石中抽出眼泪
——记散文诗大家秀陶先生

一

2020年4月1日晚间,秀陶先生辞世。他因严重的颈椎病,下半身麻木,"活"着的只剩颈部,住进洛杉矶一所疗养院已三年。正当全美新冠疫情铺天盖地之际,得此噩耗益发悲痛。

和秀陶以诗结交超过三十年。一个春天,我和老妻去赌城拉斯维加斯旅游,为期三天。我生性不爱赌博,此行纯为观光,除了带上爱赌博的同胞恨之入骨的书数本以外,还有一个秘密的希冀——约秀陶去聊天。我天真地想,秀陶住在洛杉矶,离赌城不过四五个小时车程,以他昔年动不动驰驱千里的豪气,得到消息就会赶来。我到了赌城,给他打电话,他在那头并没发出爽朗的笑声,告诉我,行动不大方便,挂拐杖了。"怎么回事?摔了?""不是,老了就这样,八十岁了。"我呆住,贴耳朵的手机差点落在地上,不老的秀陶也到迟暮!那是2014年。

秀陶，多秀气的名字。家长起的，他贪图省事，省下姓氏郑，拿来做笔名。体重一百公斤以上的大个子，偏肥，但脂肪匀称地分布在四肢和脖颈。皮肤白皙，五官似佛。我那不会说普通话的儿子，与他交谈过，因他的英语无外国口音，且对美式橄榄球赛事了如指掌，断定他是白种人。

许多海外写作者，漫长人生中有一个"诗的年代"。20 世纪 90 年代前期，我狂热地写现代诗，因此和洛杉矶几位诗人成为好朋友。这群可爱的同路人，1990 年创办纸版《新大陆》诗刊，从印行到给散布全球的投稿者寄样刊，全部自掏腰包。中坚分子，除了越南难民、电脑工程师陈铭华、陈本铭，中国移民达文、远方，还有大哥级的秀陶。1995 年夏天，旧金山湾区举行华人诗朗诵会，主办方为了壮大声势，从六百多公里外把他们拉来。

朗诵会隆重而热闹，诗龄越半个世纪。年轻时备受张爱玲欣赏的纪弦老人，在台湾时和诗人痖弦不但诗艺超群，朗诵也被誉为无可替代的"双弦"，这一次，他槟榔树般立在台上啸吟，赢得满堂彩。随后，中青年诗人们鱼贯上台。会后，洛杉矶的诗人来我家过夜，他们早就交代，不必准备房间和铺盖，只需啤酒、花生米和牛肉干。客人们乘秀陶开的车，出发前我要交代行车路线。秀陶说，不必，我跟定你。我看着远处 101 高速公路上车灯的洪水，连连摇头。他推我上车，说："你开你的，你家门口见。"超过一百公里的车程，车辆密密麻麻，尾随根本办不到。我自顾不暇。然而，两辆车子差不多同时抵达。是夜，多雾的太平洋之滨，一幢小屋的客厅，灯亮到次晨，秀陶是主讲者。

从此，和秀陶常常通电话。他总是劈头一句："写诗没有？"

我说写了，他就说好好。我如果回答说，没诗思，只写了点散文或随笔，他就骂我肥水流了别人田。

二

进一步，和秀陶成为至交。与喜欢的人交往，谁不想以最快速度从"朋友"升等为"肝胆生平"？美国著名传媒人多尔曼采访过许多政要、企业执行长、影视明星，他道出一个"让对方马上对你发出微笑"的秘诀：趋前握手，后退一步，直视对方的眼睛，激动地说："怎么搞的？您看起来比照片年轻那么多！"他声称这样做没一次不成功。我倒以为，世间不存在这般简单的套路。然而，真诚地喜欢一个人的作品，近于准确地道出作者的苦心、用心，是可能产生戏剧性效果的。

"竟有这样写的！"秀陶的作品，我初接触即起惊叹。从前，喂我干渴的灵魂的散文诗，只是《早霞短笛》一类，浮浅、夸张、甜腻，回想起来依然恶心。秀陶作品却是全新的，教我迷恋到这样的地步：凡遇到喜欢这种体裁的朋友，必倾全力推荐，口号是"不读秀陶，就不晓得当今的散文诗"。秀陶有一密友，名叫商禽（1930—2010），是台湾公认的"散文诗第一人"，他以超现实主义手法写作的经典，如《长颈鹿》至今脍炙人口。论造诣，小商禽四岁的秀陶稳居第二；而秀陶凭掌握多种外语的优势，取法欧美各国最出色的散文诗作品，试验多种手法，并建构中西融合、体大思精的理论，论总体成就，犹有过之。

秀陶这样写最熟悉的事物：

它们就在我的眼前，我这样望着它们已经半个上午了。一只抚在纸上，一只抓着铅笔写着。就像两只洗得干干净净的癞蛤蟆一样// 我永远也不能理解这是如何运作的，我想着"大"，它便写"大"；我想"人"，它便写"人"。它从不写我不想的 // 而我也仿佛对它们极具信心。我从未曾想过，也许有一天，它们也会开始思想；也许有天它们会组织起来，罢工或者叛变 ——《手》

他这样做形而上的"透视"：

有一幅小学自然课的挂图。说一个体重一百五十斤的人体，分析起来有两桶水，够做三枚中号钉子的铁，两盒火柴的磷，糊一方土墙的石灰，作成四块肥皂的脂肪，以及一些其他七七八八的微量元素 // 画面的左边是一个光身直立面容严肃的男子；右面则是水桶、铁钉、肥皂等。（那幅挂图令我震撼了好几天，并且第一次认识了所谓严肃。）// 然而，那以后，每逢严肃的场合，面对着台上直立的有时是神父有时是什么主席等等，我便一边替他们除去衣衫，一边估量他们。高矮胖瘦，或增或减一桶半桶水，添加或拿去几根火柴，加大或者缩小肥皂的尺码，等等，至于那时他们嘴中正宣扬什么样的大道理我是浑然不觉的 ——《挂图》

他隽永的深情：

唯一教人忘怀的还是儿时点在正月半花灯里的那支蜡烛，在被催逼得非上床不可而依依吹熄它时，它冒出一缕白白的细烟，闻起来至今都还沁人 ——《蜡烛》

他举重若轻的幽默：

一夜，杯中已尽，意犹未足，打开木塞想再补上一点，瓶口嘭的一声/之后：/还要倒呀？（居然开腔了）/补一点点嘛/小心变酒鬼呵/我拿高瓶子在灯下照了照。大约还剩五分之一的样子/就你这几滴我全灌下去也没什么了不起的。哼！从来都是酒随人意，没听过，今天世道变了，还有酒会自作主张的 ——《自斟记》

他教人瞠目的想象力：

几年前当我发现有了法术的那天正坐在办公室内，墙上有一只小圆钟。先，我只觉得奇怪怎么那个钟今天走得特别慢，后来才试出来是我的眼作怪，每当我盯住它时，它便停住不能走……现在我最常施法的时候是早晨躺在院中的吊床上，享受着微风鸟鸣又不愿这早晨过得太快时，我便盯住树干上的阳影，那家伙本来是一跳就跳过水池那边去的，我这一盯，它只好停了，有时一个早晨可以停出三四个来 ——《法术》

三

进入21世纪后，我几次去洛杉矶。2000年初，秀陶印行一本别致的散文诗集《死与美》。4月，我去拜访他，在他家看到，诗集封皮是褐色皮质厚纸，裹着纸板，异常结实而典雅。所收作品都是《新大陆》诗刊刊载过的，主编陈铭华略做整理，用复印机打印了所有内页，附录是秀陶自己的长文《简论散文诗》，我喜欢得不得了。他意态悠然,说,早为你准备了。我贪得无厌,替一位"陶粉"索取。他说稍等,搬出内页、封皮、胶水、针线,戴上老花镜,把一沓沓内页分别缝起来,裁剪,粘贴,装封皮,最后把一根小丝带粘在书脊内,充当书签。看慈眉善目的胖子像老奶奶一样挥针走线,花半个小时"出版"一本够资格送往华盛顿国会图书馆典藏的中文书,真是莫大的享受。

春天的天使之城,晚间微凉。我和秀陶在他家后院,半卧于帆布躺椅,头上是高可参天的银杏树,疏星在密叶深处眨眼,恍惚间,不知身在何处。秀陶娓娓述及他的平生。他1934年出生于湖北鄂城,1949年战乱中随哥哥和姐姐离家,1950年到了台湾。1952年入读台北商职夜间部,四年后毕业,考进台湾大学,主修商科,1960年毕业。上中学时,他从图书馆读到旧的英文诗集,从此爱上新诗,开始投稿,初具才名。后来参加了纪弦所创立的"现代派"诗社。香港杂志《文艺新潮》20世纪50年代末推出"台湾现代派诗人作品"专辑,第二辑刊发包括林亨泰、秀陶在内的五位诗人的新作。《编辑后记》称秀陶为"台大学生"。对少时的作品,秀陶自称"像拉野屎一样,拉过了就算了""1985年前的作品我自己从未剪存"。1997年,老友商禽也曾从古老的《现代诗》影印了他的作品,寄往洛杉矶。他说,一读之下,觉得就算是亡佚了,也没有什么可惜。

从刘大任先生写于2009年的散文《蒙昧的那几年》,可以看到秀陶的青春影子:

那是一段走投无路的日子,现在已经遥远,却永远挥之不去。

映真写《面摊》的时候,我不知道他在什么地方。可能,我写《大落袋》的时候,他也不知道我在哪里。然而,很快,暗夜中闪电照亮的刹那,商禽的《长颈鹿》,痖弦的《深渊》,方思的《夜》……一个个起床号唤醒的汉子,老大不愿,在黑夜与天明之间,被不明所以的力量催促,出现在荒原似的红土操场上,形成台北的一道风景。然后,秀陶说:我们在鞋底写上一个大大的"天"字,看尘埃散漫,在一九五九的末端……

1959年,秀陶二十五岁,刘大任才二十岁。

1962年秀陶在台湾服完兵役后,受诗人、企业家吴望尧之邀,远赴越南西贡,在吴所开的生产清洁用品的化工厂担任总经理,算得学有所用。吴望尧在台湾和余光中是至交,余光中说他是任侠善感的性情中人,诗作具"无所不入,入而无所不透的想象力";秀陶则了解他世俗的一面。谈到这位前老板,秀陶摇头叹气,说,他啊,是蛮不错的诗人,却是相当糟糕的董事长。秀陶于越南统一前移民美国,曾在纽约生活多年,和小他五岁的刘大任先生深入交往,该在这"后中年"。20世纪80年代,他定居洛杉矶,结婚生子,在一家大型地产公司当经纪人,主业不是房屋买卖,而是为顾客的百年身后服务——出售坟地。

从90年代初起,他重操中断了二十多年的旧业,但不再写现代诗,理由是,从前无论怎样力求出以自然,都有点煞有介事,或装模作样。他要抛弃与诗绝无关联的附件,如韵律、雅致的语言、呈现的态度,"以无面具、极亲切之散文体写作,极纯净地表达诗思"。我以为,他的写作实践榫合这一初衷。其总体风格,教我想起英国作家亨利·格林的譬喻:"自石中抽出眼泪"。

宁静的院子,蟋蟀声中,秀陶说西贡风情,说吴望尧作为诗人和诗歌活动家教人敬仰的人格和可悲的命运,说酒吧的同性恋者,直到银杏叶承受不住的露水频频滴在额头。撤回屋内,就一杯咖啡,谈到打起惊天动地的呵欠,才去就寝。次日早上醒来,秀陶用戴隔热手套的手,捧出小面包,滚热、松软,带着无与伦比的香,这辈子吃过的面包中,尚无超过这一种的。后来,我受不了馋,从旧金山打电话给他讨教面包怎么做,他道,还不容易,去"赛夫威"超市买发酵好的冷藏品,按说明书的步骤,放进烤炉。

在秀陶家的另一发现,是他对德国大诗人里尔克的研究,广度与深度都到了令人匪夷所思的田地。他的藏书不算多,书架上不止一行,都是里尔克的诗集,至少上百种,他精通的中文、英文版本齐全;还有德语、法语、西班牙语等版本,我逐本拔出,翻翻,不解地问,你能读吗?他说,不行也得行,想把意思弄透彻,非花笨功夫不可。

谈天时,他把好几本最近出版的《台湾诗学季刊》拿出,让我看"佑子"的文章。我问:"佑子是谁?"他说:"正是在下。"原来,不久前台湾诗人罗门撰文,引了里尔克的诗句"我俯身向时间"。佑子指出此句翻译有误,正确的是"时辰俯身向我"。罗门反驳,说五六十年代起译文都是这样的。二人开战,都不乏意气用事的嘲弄,一来二往,愈发火爆。佑子一不做二不休,将该诗的原文、方思先生的中译、方思所依据的英译,以及他据德文的直译,全部列出。这些驳难并非论文,而是杂感。鲁迅已还,我还没领略过这般锐利、刻薄的讽刺,读之如饮烈酒。微醺中,他又递来一篇长文,这是他对绿原先生译《里尔克诗选》的读后感。他说,为写这一篇,他一连多天读译文、查原文,参考其他中译、英译,苦不堪言。

秀陶就是这样,翻译以"死磕"著称。早在青年时期,他已直接把里尔克以法文写就的作品译成中文。2015 年,他整理了一本自译的《最好的里尔克》,序言中道:"自 20 世纪 50 年代开始读里尔克,先读中文的,后来找英文的读,最后才翻德文字典读德文原版的。"他发现,里尔克诗的英译本达十五六种之多,译者领悟不一,译笔各有差异。"20 世纪 80 年代就为了这原因,我就开始用德文字典下功夫了。……里氏一生的作品皆系严谨雅致的韵文,我居纽约时,一友人辗转得到一位德裔老妇朗诵的几首录音带,我借来听了,方得约略拜领了一点音韵的美。读他的诗,读译本,甚至自己翻译时,这种先天的、长在他骨肉里的音韵我是全然扔开的。然而我必须先读懂,读不懂就翻字典,找各种不同文字的译文参考。""我最有把握的是:这些诗全是我自己读通了的,而写出来的中文也力求通顺。""在台北的一个月之中(2015 年 5 月),有友人问我:'谁译的里尔克最好?'我非常严肃地思考了两秒钟回答说:秀陶译的!"原来,他每翻译一首,都先查清德文生字,参阅五六种不同的译文,自认参透了全诗的意义,这才下笔。

四

　　十多年来,和秀陶的联系少了。从电话知道,他退休后嫌居家无聊,当上老人公寓的经理,并住在里面。好在,每一期的《新大陆》诗刊都有他的文字,不是新成的散文诗,就是他选译的当今各国散文诗家经典之作。八年前他寄赠甫在台湾出版的诗集《一杯热茶的工夫》,细读多遍,不但激赏,还有愧疚,为了我许下的愿无法兑现。我初识秀陶时对他说过几次,要向国内出版社推荐他的散文诗集。尝试多处,均无结果。2015年起,我让好几位爱诗的出版社编辑审阅秀陶呕心沥血的译稿《最好的里尔克》,费尽唇舌,得到的回复是:目前无出版的可能。还好在2016年,台湾"黑眼睛文化事业公司"出版了《会飞的手:秀陶诗集》。更喜人的是:2020年9月,广西师范大学出版社推出了精心包装的《最好的里尔克》,据说此书受到热捧,九泉之下的译者当感欣慰。

　　2019年春节,我给不通音问三年的秀陶打电话拜年,多次没人接。问也住在洛杉矶的《新大陆》诗刊主编陈铭华,才知道秀陶因脊柱病瘫痪在床经年。近年秀陶登在这本北美最长寿诗刊上的最新作,都是陈铭华在疗养院的床畔,替他录音,再加整理而成。

　　2020年春节过后,我和旧金山的友人约好,春天务必去洛杉矶,请铭华带路,看望秀陶。可惜进入3月,连家门也出不了。秀陶的家人称,秀陶昏睡一个星期,然后平静地离开,与病痛的缠斗就此落幕,教我们悲伤之余,感到一丝安慰。

刘荒田

2020年冬日于美国旧金山

目 录

卷一 关于笑

半条后街同两袋杂货的倾向 / 003

昙日之歌 / 005

现 在 / 007

记本铭的丧礼 / 009

饰 物 / 011

滑 雪 / 013

室 友 / 015

鱼 劝 / 017

大 鸦 / 019

兴隆街一夜 / 020

中和某菜市场 / 021

关于笑 / 022

高速公路断想 / 024

哀 祷 / 028

傍晚的偶然 / 029

卷二 手套

风与水（童诗）/ 033

手的解读 / 035

笑 / 039

夜 / 041

手 套 / 042

雪之一 / 043

雪之二 / 044

母亲的死 / 045

果菜集 / 046

镜 / 049

小街的九月 / 052

冬 晚 / 053

蜗 牛 / 054

理 会 / 055

从头来过 / 056

斗 室 / 057

遗 忘 / 059

树的轮回 / 061

卷三　一杯热茶的工夫　　　　卷四　禅以及四个漂亮的锅贴

选　心 / 065　　　　　　　　猩猩言 / 097

另　类 / 067　　　　　　　　独　语 / 099

一杯热茶的工夫 / 068　　　　春　风 / 101

糖衣集萃 / 070　　　　　　　七五自述 / 102

墓　园 / 071　　　　　　　　有一个早晨 / 104

梦 / 073　　　　　　　　　　禅以及四个漂亮的锅贴 / 105

心公园 / 075　　　　　　　　2009 年记事 / 107

风　景 / 078　　　　　　　　我的新行当 / 109

鱼烹记 / 079　　　　　　　　折　纸 / 111

地球仪 / 081　　　　　　　　假 / 113

等 / 084　　　　　　　　　　蜡　像 / 115

文乃斯海滩素描 / 085　　　　四月一个早晨 / 117

台北记行 / 086　　　　　　　端　午 / 119

话说月亮 / 089　　　　　　　小狗 Benky / 121

假　天 / 093　　　　　　　　又是"炳记" / 123

报　纸 / 094　　　　　　　　自斟记 / 125

　　　　　　　　　　　　　　一个夏午 / 128

　　　　　　　　　　　　　　怎么又是"炳记" / 130

卷五 遨游

病中记 / 135

鸟 鸣 / 137

入 山 / 138

传 言 / 139

五 界 / 141

嘴的左下角 / 143

遨 游 / 145

黄 昏 / 146

门神、灶神 / 148

两棵树 / 151

鲁 钝 / 153

卷一　关于笑

半条后街同两袋杂货的倾向

时间一折入这半条上坡路的后街便放慢了脚步,几乎有停顿的倾向。短墙头一对少年男女拥抱着围绕住他们的时间却转得飞快,有成为一个裹满白粉糖的甜圈圈或者木星的倾向

有些是即时的有些是渐成的倾向,当然有些是单向的有些却是可逆的倾向,至于听任的以及管束的倾向何者优何者劣可不能一概而论

这样空荡荡的后街,太阳照了一会儿之后颇有弃之而去的倾向。卖冰激凌的小花车用一支十二秒钟奏完的旋律把这半条街绕了一圈又一圈,可怜这半条后街快有变作线团的倾向。灰尘扬起又落下,多数的时候它们飘浮,飘浮在我同风景之间,总有不让我看个痛快的倾向

来了,一个胖胖的妇人提了两袋杂货慢慢地在爬坡。袋中有熟菜有冷食,热的冷的所有的温度都有向中间移动的倾向。而所有这些杂货都会进入那胖胖的身体,在她的内里流动、循环,转了一

阵之后，或者在手或者在腿也或者在其他的什么部位随遇地停了下来，而凡是这停下的地方都不免有几分增生的倾向。等这两袋完了过一两天她有再提回两袋的倾向

可爱的这半条后街，这样多生命集聚的半条后街，这一下午却显得这样的空荡，他们都去了哪里，都在忙些什么？当然老的小的都有寻乐的倾向，都有挣扎的倾向，都有死的倾向……

2002.4

昙日之歌

礼拜一,好一个太阳心不在焉的大阴天。阴天最好是用来写那种抑郁得叫人伤感且掉泪的悲歌。然而我不会抒那种情,这泪今天无法掉。不过既然是个好阴天,就让她躺在右边好了

但是今天阿富汗不阴,阿富汗今天没有一块路过的云雾遮挡住他们的太阳,只有厚密的衣衫遮挡住他们的女人,所以炸弹照扔。塔利班,塔利奔,塔利邦,塔利绷都躲进山洞去,情很难抒了

阴也好晴也好,抒不抒情都好,唯有那些一不小心便冒出芽来的那种无聊最不好。然而你又不能不让它冒。于是我便在小室内转圈子,挥双臂在空中画弧。一匹老兽画他顽固的肩周炎。一边转一边念念有词,不是怨艾也不是祷告,有谁会念塔利班塔利奔塔利邦……来祷告呢

究实阴天大不了也不过是一段不怎么辉煌的慢板,被安插在一支生动的大曲中;它当然不是火大油多的爆炒,它更近似文火慢炖,细细地熬,熬它那灰白的清汤;或者它就像你偶尔自书页中抬头,

却见她正注目远方,那瞬间她凝神的茫然,不就是个没有太阳的天空么.

"阴天不可以是必然的抑郁,可以是不必抒情,抒了情也未尝不可,无情可抒也大不必计较"我舒纸写出大致如上的几行。看看之后便断然地撕作两半,重叠,再撕,再重叠……最后我扬手向上一抛,仰头观赏那一群白白的具体的无聊纷纷地飘落在书台上、地毯上、茶杯里……

2001.10　反恐战争中

现　在

现在难道是个大西瓜么？你一刀下去把它切成两半，一半是明天一半是昨天。现在竟被你一刀搅得不见了

现在那男子坐着，现在他站起来。他走开几步，又走回来。他在原处坐下。他又站起来……现在产房里传出一声婴啼，那男子手心沁汗，现在是男是女也还不知道

现在真的不成个玩意儿

现在是个久未结案的逃犯，因为久久不能缉获，众人皆已淡忘，现在那家伙可能就住在你隔壁

或者是那个小杂货店的胖老板吧，现在，也没有什么仪式，他把一块胶片一翻，马上就把"关闭"翻成"打开"

要不然就是厨房里的那个水龙头，久久它才漏一滴。滴时它念入声音"冻"。你在滴与滴之间替它计秒，过了久久，现在你都计

忘了

然后你拈起书页,你以为是两页,你沾口水搓了半天,现在你发现不就是那么不可分割的一张么

最荒唐的是一厅人寂然地坐着,端听一个穿一件理发师一样的但却是黑色的长袍的男子唠叨。直到他把一个木槌在桌上一敲,现在家私才开始移动;人们才嘈嘈切切地站了起来

现在是傍晚七时许,你坐在荒凉的海滩上,看层云遮挡住渐沉的太阳。现在你什么也不想,连她的荤番茄也不想。现在你握一把干沙,任它漏过指间飘落,现在你只是又握取一把……

2001.9

记本铭的丧礼[①]

我们抵达时看来一切都已舒齐都已就绪。我们当然不知这都是谁的主意,谁的安排,或者谁的阴谋!然而就这个架势看来,生米是已经煮成熟饭了,一切都不可后悔了,不可逆转了,一切已不可撤走了,不可以再回去几年或者几个月几天都不可以了。总之当我们一抵达时一切都已经太迟了

也有过一瞬间我弄不清楚这到底是谁的丧礼。我去灵后看你,看躺着的那人一点也不像是你。你从未把头戴进那样的帽子里去过,也从不打那样的领带在脖子上,至于那样笔挺的上装更是……还有面色,是的还有那紫紫灰灰的,那是煮熟后搁置过久的芋头

灵前十几个人站在那里一边敲敲打打,一边鬼叫鬼叫地也不知是诵经还是念咒,而后他们就围着你绕行起来。我看到你的妻在啜泣(他们仅称她一人为未亡人,这一整厅的人都亡了么?),我看

[①] 陈本铭,1946年出生于越南,20世纪60年代开始在越南华文报刊发表诗作。1989年移民美国,定居洛杉矶,系《新大陆》诗刊的创办人之一,2000年因癌症去世。

到你的独生女儿也眼红红的（他们称呼她是唯一的遗族，这一整厅的人都是你不遗下的，都是你要带走的？）今天凡同你有关的语言文字都出了问题，念诗的念不成声，我站起来想说几句话，结果也被自己的语言载到不知去了哪里，只有蜡烛仍燃着，香仍在冒烟

才不久以前，我们常把长长的夏午虚掷在图书馆对面那间牙买加女人开的小咖啡店的半楼上。我们咒骂一切令我们深受其害的主义，一切死硬邦邦的意识形态，以及各式各样的宗教（把他们集中摆出来就比商展还热闹），同傀儡戏出台样好玩的各种仪式，我们冷峻地在这一切中去找寻他们的荒谬，去找寻他们附生的诗趣。我们全然未理解到我们自己的无聊，全然无知于只要我们内中能扇动起一丝爱意，这一切还是可以容忍，还是可以原谅甚至还是有其必要的。就像我今天抱手凝坐着，就像你今天瞑然静躺着，细细地咀嚼这一场特为你而排演的自有人类以来便一日不曾缺失的丧礼

然后我起身绕着你缓行一圈，我一边踱着一边默数着我的步子。我存想着这一圈完了，如果落在双数上，我可以任由你就像那样躺着不动；要是落在单数上的话，你将乖乖地替我站起来，咱们还有话要说……呵！这时候我是多么地渴望这世界是真的有神又有鬼呵

2000.10

饰 物

以利　以利　拉马撒巴各大尼——耶稣垂死的呼叫

中国昔时有过一种刑具——立枷,俗名又叫作站笼。其制作是一个直立的木笼,笼顶设枷,受刑者头在笼外,身子直立在笼内,不定几日,站死为止。极尽羞辱、折磨之能事。后来流行的那些戴高帽、挂牌子、喷气式等等,相形之下便显得小儿科了

外国的刑具中最有名的莫过于十字架了。其制作比站笼简陋然而其效力却更为显彰。与十字架相比,站笼几乎可说是温和敦厚的。两木一横一竖地交叉,受刑者双手张开,以铁钉钉在横木两端,两脚交叠钉在直木上,直木尾端竖立在土中。死得也甚慢,但比站笼总要快些。铁钉钻肌透骨,自是免不了流血、呻吟、呼叫(愈大声施刑者便愈高兴)

今天她淡蓝色牛仔上装敞着领下两粒纽扣,胸口吊着一枚系在一条金链上的闪闪发亮的十字架——一个缩小了的极其残酷的

刑具，竟然没有削减一分她的妩媚，似乎反而为她增添了一丝凛冽的艳

2000.9

滑 雪

我梦见（招供：这是我学自中俄两位大文豪的起笔式，今天第一次使用），同我高中的一位同学一起做着我这一辈子也不曾做过的运动——滑雪。我们身着色彩鲜艳的短靠，手撑杆、脚蹬橇，蹿高伏低，仿佛人过中年样，一路加速度地滑落下去。领巾在颈后猎猎生响，耳鼻通红，指趾发胀。冷而锐的空气通过鼻道，未及升温便涌入肺部，产生一种奇异的快感，与饮陈酒、进异食甚至性交都同一等级而无法分辨其高下

醒来之后，想到20世纪把世界影响得死去活来的那位犹太人的那些介乎神话同科学之间的理论，我也未能免俗地想把这个梦好好地解析一番。可能的话，然后再把解析写成一首歪歪倒倒的七绝，送到庙里去为人指引迷津

我打开了录音机，躺身在长椅上，大肆地自由联想起来（这其中也颇吟出了几首超现实主义风的妙诗，要是送去参赛定会把那几位不学无术浪得虚名的评委唬得一愣一愣的），一个钟头之后，我再坐在书台前把录音带听了一遍又一遍。做笔录，整理篇章，

摘取要紧的章句,仔细地析解起来。一个钟头之前我是病人;一个钟头之后我当医生。一个钟头之前我自欺;一个钟头之后我欺人。几个钟头之后,我乐得坐在那里傻笑

唉!我那位同学是殉情自杀的,梦中虽然过了四十几年,但死亡——那架塑胶成型机,已把他固定成十八岁的样子,一点也没变

2000.7

室　友

两个人住在一起，从前叫同居，新一点的名词称作室友。异性的有，同性的也有，恋的不恋的都有。我也有个室友，同性，几十年了，我们不恋，不但不恋而且近来几乎连友也谈不上了

年轻的那些时候，我同我的室友相处得好极了。我的触角伸入你的骨头，你的呼吸走进我的毛孔。一个起意，另一个一定附和；一个为非作歹，另一个一定是从犯或者帮凶。同出同入，形影不离，仿佛暹罗连体人一样

也不知打从什么时候起，我们从性相近而习相远了。现在经常是一个徜徉于青山绿水之间，一个却终日守着他的几本破书同几张发出沙沙声的旧唱片；一个仍乐于周旋于长长的头发以及笑靥的有无之间，一个却张大着奇苛的眼，嫌什么眼睛太眯牙齿太龅；一个想要写几行，一个却拿起威士忌大口大口地灌；一个要睡，一个却踱来踱去……

房子的情况也不大妙，虽是一直在加建，（已经超过二百二十几

磅[1]了）还是不大够住。从起居的习惯到吃东西的选择两人都渐渐地南辕北辙起来。一个尽想吃点咸的,一个说"你想死么？";一个就想听点那些晚期浪漫主义仿佛老朋友一样的甜美旋律,一个却专找那些近代的散文式的连旋律也没有的玩意儿听。我们并不像那些欠缺教养的人那样,大吵大闹或者厮打起来,我们不,我们只是憋在肚子里生闷气。我们双方都理解,虽然室友了这么多年,但从未立什么契约来约束我们。我们俩都是自由的,随时可以搬离另一个。没有任何顾虑

最近我正寻寻觅觅地,一边寻找一个理想的居处,一边幻想那种搬离他之后的自由,那种松弛、解脱的感觉我想是什么也比不上的……

2000.3

---

[1] 磅,英美制重量单位。一磅约合四百五十三克。

鱼 劝

如果你烦躁不安，养一缸鱼吧！只要望望它们，看它们悠然地浮沉，无目的地追逐，一切烦心的世事就也不过尔尔了

如果你对时事不满，常怀悲愤，便养一缸鱼吧！创造另一个隔了一层玻璃的世界，由自己主宰、治理。治大国如养小鱼，你高兴叫它什么国都行，由你叫它今天是星期几便算星期几

有时你孤寂、你潦倒，你痛不欲生，便看看那缸鱼吧！你卯掉两天没喂，任你把穷愁都转嫁给它们，它们不还是优游地活着么？不还是喋喋嗡嗡地，寻寻觅觅地恋爱的恋爱写诗的写诗么

每当你走近它们、走近那与你同室而又不同时间象限的小世界时，它们便自水箱内的各个县市向你靠近，摇头摆尾地、咕咕喁喁地，你拈取一撮鱼食，扬手向东，它们朝东望，向西朝西。它们愈顺从、愈谄媚，你便愈自得、愈伟大。甚至能感到几分站在城楼子上君临百万子民的风味

不仁的上帝常搅些台风地震来灾害你,而你望着你的鱼,看它们男男女女地穿梭舞动,几条不乖的有时也打斗,但只只灵动,个个可爱。你只是站在那里,对着它们发呆,久久,不走开但什么也不做……

大 鸦

一篇流利的草坪被大鸦们加上几个念不通顺的逗点

1999.9

兴隆街一夜

站在八楼隔窗外眺,晚餐时的 XO 杀人凶犯一样已远逃得无影无踪,夜了,是的,夜得很了。夜得对街小餐馆的椅子都爬上台子,插满街头的竞选彩旗都被黑暗漂白了。那些举杯时的争论也都一窝泥鳅样游成模棱两可的双关语了,是的,夜得很深,再深一点便像谎言一样要穿洞,要破成明天了

看那张旧报纸吧,南南北北地跑了一阵,现在靠着一个车轮不知在想什么。所有的声音都推推挤挤地抢着钻进窄窄的耳道入睡,现在,尤其不可以想她,一想便一段乐句粘上嘴那样吐也吐不掉。还是想想明天吧,想想才刚到达又要远走那些事吧,想想从前叫作路条现在叫护照、签证那些无聊玩意吧,想想行李,想想磅数,想想从八九磅变成两百一十磅的过程吧,夜了,睡去吧,要想就想想睡与死的分别吧

中和某菜市场

挤在众头蠕动窄而阴暗的巷道内,吆卖声、讨价声、收音机的唱声都电线样交织牵出各自的头绪。肉案的灯光是浅红的,菜摊上是青绿的,水淋淋的,各种气味合唱一支伤风败俗的流行曲。大鱼一百七十五元台币一斤,青菜七十五元,鱼丸每粒七元……

这一切正分途进入一个个家庭。都将经过切割、烹调、咀嚼,然后咽入弯弯的管道,然后像我现在一样地蠕动、推挤下去

关于笑

笑不是与生俱来的,人出世只会哭,笑是后来的事。虽然同是由于几丝肌肉以及一层油皮的拉扯,只因拉扯的方向不同,乃有了哭笑之分。然而皮如何张紧,肉怎样拉扯,声音以及水分如何协调分配,等等,研究起来千头万绪。好在这是知难行易的事,除了演员外,谁都不必对镜练习

且不说笑的本身异常复杂,单是它的类别繁多,罗列一下就能叫人笑不出来。比如说就它的尺码可分作大笑、微笑,就温度之不同可分作热笑、冷笑,就含水量又有干笑、湿笑之不同,就味道而分又有酸、甜、苦……此外,就颜色、能量、浓淡、深浅等等细别起来便更多了。比如说能量大的可以笑垮一城一国,程度深的可以笑得刻骨铭心,浅的则如鸟影样一闪即逝……

一切有情自然都会笑。花草会笑自是不必说了,就连天也会用云来笑,水会笑出波纹,风能笑得裙裾飘摇,狗的笑神经长在尾巴上……

一般说来，笑出现的频率与年龄成反比；笑感人的程度与其所含的情感成正比。坏人笑得多时，人们说那是乱世；妈妈不大笑时，儿女们一定是远游去了

笑是通行证，是不必经过翻译的万国语言，是强力胶，是润滑油，是自画布脱走的国画，是不讲究时值的歌，是摇一下走一秒的腕表，是穿孔的避孕套，是一边吃花生米一边听狗吠，它吠一声你嚼一粒那样的夜

笑的精魂最好别摄取，否则会终生纠缠你，在你最软弱的时辰作祟你。延平北路那栋大货仓样的屋内，那笑是惨白而无奈的，新英格兰那湖边的笑，湄公河岸边的……还有南加州海滩，夕阳斜照，那笑靥是啤酒色的，这些到死都不会消亡吧

笑最经受不起刻意地安排，你如果要像陈列一张餐台，布置一堂家私那样地摆布一番的话，笑便马上死成一张脸谱，僵化成干枯的再也不飞扬的标本

当时间一爬上笑的背脊，速度便会大增，不消几声轻笑，一生便那样过去了……

1998.7

高速公路断想

I

速度要靠地平上突出的东西来显示。树木、房屋看来原是站在那里不动的,其实却是偷偷地向你集中,向你围来。一到车边时便又"唰"的一声向后方退去。大的物体唰得慢,小的唰得机灵而快……你一开窗,速度便钻进来吞噬你,连皮带毛。你一停车它便躲得不见了。

II

地平线是个漂亮的女妖,起伏有致地躺在远方,等你急驰以赴。然后她或者遁走,或者化身为一帧风景,眼也不眨地望着你。待你回头,却又见她变换了卧姿,仍旧那样慵慵地躺着,向你招手……

勿论你急追猛赶,风雨晴雪,最后总是徒然地又回到原先出发的地方，就算披月戴星吧也不过是转了个大圈子。就这样大圈子、小圈子，你日日转，月月转……

III

路有多种：一种起伏大，弯坡急，随处有胜景随处有险巇，那是少女的路；一种平坦，弯弧松弛，风物平而少奇，那是老婆婆的路

IV

陷身于交通酱时，须懂得随波逐流。那时脾气要松，不能紧。神经宜紧不宜弛。泡得愈久，冲出酱缸时那种一泻如注的快感愈强烈

V

一个难以索解的问题是：无论何时，你向东；一定有人向西。你匆忙；迎面而来的那些人也绝不迟缓。你正经而严肃；人家也绝非儿戏，为什么呢

VI

车门一关你便把自己关进了一个铁蛋。在这个封闭的宇宙里,你成为绝对的自己,演说自己的妙论,按自己的板眼唱歌,非常有个性地

当你停车孵化出来时,你便又成为众人中的一个。那时,你整整仪容,挂上微笑,说"你好!今天天气……"那样的话

VII

你或也是一个天地八荒唯我独尊,释迦上帝,耶稣观音全不放在眼内的狂汉。但当车时速七八十英里①时,当迎面的大车赫然而来时,或者身边一车"嗖"的一声射出时,你便也会开始祈祷。无神论者的祈祷,虽然染有几分先天性的荒唐,但却也满是虔诚而善心的

神呵!救苦救难的观世音,仁慈的圣母呵,保佑这迎面威武而来大货车内的那人吧,保佑这左边"咻"的一声飙过的红色跑车内的那个女菩萨吧,保佑他们身心康泰,心无挂碍,不药不酒,一路平安吧

---

① 英里,英美制长度单位。一英里约合一千六百零九米。

VIII

全身的部件中右腿最重要

每一上车我便把命全交给它了,由它来操纵快、慢、走、停。凡遇紧急情况也听它专权处决。绝不需报告、申请、检核、批准等等那一套官僚的程序。几十年开车下来,由于它的历练,技术已臻化境不必说,它甚而已培养出灵性,萌生出老马识途的方向感了。若干次微醺烂醉就是靠这条右腿领我回家的

由于对它这样地倚重,由于我一向地未分皂白对左右两腿总是一视同仁,相等待遇,这右腿便不时显出它的愤愤,它的骄横,而渐渐地有点尾大不掉起来。每见到娇美的身姿或是飘扬的秀发,不理我当时是如何分秒必争地急驰,它竟然妄自地放缓了速度,我也不去计较。最近它竟然发动坐骨神经痛来。自臀部以下整条右腿酸痛难忍,罢工了三个多礼拜,我便知道这家伙是得好好地整顿一下了

1997.7

哀 祷

十月底,把钟向后拨回一个钟头,凌晨的两点变成了一点,凭空多了一个钟头的睡眠,真好!然而人心难足,那一夜我便一直向我的老上帝哀求,一直到天亮

我说:……我也不要你拨回七八十年,让我抢在头里去发明"$E=MC^2$"那样的公式;我也不要你拨回四五十年让我抄了名诗去得奖;我只要你随便拨回个二三十年吧。这也不行吗?……我发誓帮你盖教堂……替你……

那么便三个月吧,只要让我避开那宗车祸就好。再不成便算一个礼拜吧,我也不必买入这个一泻如注的倒霉股票了。要不然……

……好了,好了,既然都不行,都太长,那么就三十秒吧,十五秒也行,我只要赶在前面,赶在轮盘停定之前的那一瞬间……我求你……

傍晚的偶然

路转向了二十多度后,车头直对一片橙红的余晖,屋脊、电杆及瘦高的棕榈们都猛然漆黑地站了起来,剪影一样

她的侧面,额际至鼻的弧、鼻至上唇、下唇至腭的碎圆也都漆黑地贴上玻璃了,那种清晰,要闭上眼才能看到

1996.8

卷二　手　套

风与水（童诗）

——给长山长青两兄妹

Ⅰ 风

我原姓空，单名气。人们不管我本来的姓名，见到我从家里跑出来玩，便叫我北风。等我玩累了回家时，又叫我作南风，真是莫名其妙

喜欢我的人，树呀、花呀，见我来总想跟我一起玩，一起飞。但飞不了多久便都倒在路边喘气；不喜欢我的，见我来，便都躲在家里不出来。我恶作剧起来，便拍打他们紧闭的门窗，一整夜都不停

至于我自己呢？我最喜欢孩子们了。我拥抱他们，我抚弄他们柔软的细发，我把他们的纸鸢送上天去，我把他们快乐的笑声散播到老远老远的地方去，让寂寞的人听了都高兴。我撒了几粒在诗

人的书台上,他拿起铅笔,居然想把那些红红绿绿油光水滑的笑一颗颗地画下来

II 水

那也不算什么,其实人替我取的名字才叫多哩!我下地的时候他们叫我雨,我在谷地遨游时他们叫我溪、河。我停下来休息一下他们便叫我湖。我板起面孔不理人时他们便叫我冰。此外我发脾气了,我跑得快了,我回到高高的老家,早晨或者傍晚搽或者不搽点胭脂,他们都用不同的名字称呼我。我从不计较这些

至于孩子们同我的故事,真是说也说不完

你看,在这炎炎的夏日,他们把我灌进密封的枪中,相互射击,玩打仗。在笑逐中,在燠热下,我让被射中的一方——战败的一方,得到安慰,得到沁凉

1996.6

手的解读

I 会飞的手

我的朋友商禽在一阵搓弄抚摩之后便想把他的一双手像释去病愈的鸽子一样放掉；墨西哥诗人 Montes De Oca 也一度茫然于：他那双会舞弄灯影，会掰开无花果，会捉鱼又会祈祷的手为什么不飞走

他们的手一定是那种修长、灵秀的类型，略一注视便会令人想到飞。看看我这双笨拙的短而粗俗的手吧，无论谁见到都不会想到飞行那样轻灵迅捷的事上面去。如果想到走，或者爬，蹒跚地爬，像牛像龟一样地爬，该是更合理些

那一日，在一旁看我做完工之后，她说我这双又肥又厚又结实的手，洗刷干净炖起来一定比熊掌更够味。看吧，这就是我这双手能教人想到的了

II 牵手

牵手是台湾话中一个非常可爱的名词,又写实又传神。那年在车路口,在临合上的棺木旁,两只手一只在里一只在外,别人怎样扯也扯不开,令我第一次领略到这个词的凄艳性

III 握手

……我要给你一种别人不曾给过的快乐……

——A. 纪德

我同她很少握手,我们做比握手更亲密的接触。这样讲丝毫也没有认为握手就不够亲密。其实只要你愿意,你也可以把握手提升到非常亲密的层次的

当然首先你得磨锐你周身的神经,敏化你一切的感觉。在那只手伸过来时,在那一秒或十分之一秒的时间内,你要能即时取得有关那手的一切资料,它的冷暖,它的软硬,它的湿度,它着力的轻重、久暂。一握之下递送过来的是什么样的消息。欣然么?敷衍么?当然所有这些情报的搜集不能单靠你自己的那只手,你还得开动一切的感官。听觉要在三五个字中判读出那语声的甜度,笑意的浓淡;眼要捕捉她那飘忽的眼神,注视那嘴角眉梢一闪即逝的细枝末节……

在了然了这一切之后，又要能在更短的时间，比如说十分之一或百分之一秒的时间内，做出应对。在这极短的一刹那，你必须要有高度集中的注意力。其专注的程度，仅高难度的竞技，及老僧的禅定或稍可比拟之。那时你必然已忘怀一切。你的身份，你的地位、操守、道德，甚或宗教全都不存在了。你自己也超升了。你或约略地颤抖，或轻度地痉挛，无视于周遭的一切，你只是轻握着那温软的手，听取铃子一样的轻笑，自开启的，全然不设防的双眼，深深地探索进去……这一二秒间的感受，还不是一程度极高的亲密么

IV 你冷冷的小手

每一入冬（有时甚至不等到入冬）她的手便变成冰冷，便常要伸入我的口袋取暖，尤其是走在户外，走在大风的街头时。每一握到那冰冷的手时，我便会哼起普契尼那个有名的旋律①来取笑。每当我这样哼时她总会偏头以略带恨意的眼光瞄我，然后总是相互一握（有谁在口袋里看到么？）之后，便都感到温暖得不得了了

---

① 所有的男高音不都唱过《波希米亚人》(La Boheme) 里那段"你冷冷的小手（Che GelidaManina）"咏叹调么？

Ⅴ 手

它们就在我的眼前,我这样望着它们已经半个上午了。一只抚在纸上,一只抓着铅笔写着。就像两只洗得干干净净的癞蛤蟆一样

我永远也不能理解这是如何运作的,我想着"大",它便写"大";我想"人",它便写"人"。它从不写我不想的

我总是派它们打头阵。又有时我用刀切割它们,我用滚水烫它们。独裁者对下属所要求的绝对的忠心,它们轻易地给了我

而我也仿佛对它们极具信心。我从未曾想过,也许有一天,它们也会开始思想;也许有一天它们会组织起来,罢工或者叛变

1996.3

笑

第三次转身看那个女子时,她仍是那样一副郁郁的神情。我决定不再拖延了

我轻巧地走上前去,一手压住那家伙的头,一手像拉抽屉一样将他自他的躯体抽了出来,放在桌子下面。然后我便像戴手套一样把那个不怎么合身的躯体戴了起来。我做得熟练极了,整个餐厅没有一个人发觉。就连那个一脸落寞的女伴也仍然那样;一手托腮,一手用叉拨弄着盘中的食物,不吃也不放下

他那空虚、阴冷而且僵硬的躯体,刚一进入令我也不禁猛然地冷战了一下。他那厚纸板一样的脸孔,费了我好一番搓弄方才略微松动一点。直到我咽下一口肥、热而又多汁的牛排之后,他那干燥、高尖的嗓音听起来才算是顺耳一点。我的这一番努力还没够一分半钟,在她那阴霾渐消的脸上渐渐显出了效果,再一分钟后,她甚至咯咯地朗声笑了起来

听到了那样轻快的笑,他也双手扶住桌沿伸高了半个头,也想看个究竟。我见了便随手把那个头又压了下去

1995.10

夜

海喘息着,转侧着,一刻也没有停歇。圆圆的月出在一排屋顶的左端,比油站的招牌灯略微大一点

而夜,夜就住在海的二楼,典型的大都市的邻居,独自进出,不寒暄也不啰唆,现在她在家,再过几个钟头她就又会不见了

1992.9　圣塔芭芭拉

手　套

自壁橱内取出这双贮存了大半年的黑羊皮手套时，便仿佛是取出了我另外一双风干了的手

我那戴了两年的呢帽，至今仍未学会我头的样子；穿得快要破了的鞋子，离像我的脚也还有一大段距离。唯有这一双手套，虽只跟了我一个冬天，便将我的双手学得惟妙惟肖的，短而粗的手指，宽厚的掌扇，几乎比我原来的手更像是我的手。尤其是静夜，它们叠合在书桌上，一副空虚失望而又伤痛的神情，更像

到发生了下面这件事之后，我便愈益相信，有朝一日当我失去了原来的一双旧手之后，这双手套是绝对能够代替的。那一日我走过一个卜卦摊，刚除下一只置在案上，不等我除下另一只，他便端详着那只微温的手套，娓娓地一毫不爽地道出了我的一生

雪之一

下雪天最大的坏处是所有的朋友都显得更加遥远了,其他的都在其次

下雪天最大的好处是深深的一步一个处女,一步一个历史,过瘾透了,其他的也都还在其次

最美的是纷纷然正下的时候,而且还有来了来了的那种热闹感;最丑的是下停了几天之后,到处黑不黑白不白的如五十岁的头颅。这丑头也都还在其次,只是那一种清冷教人受不了

雪之二

足足剧烈地劳作了五分钟才将车门边的积雪铲开。喘息着钻进车内,打着了火,冬日有光无热的太阳,穿不透密封的雪层,却也将车内映得四处通亮,于是坐在巨大的灯泡内我便也钨丝样地发起光来

母亲的死

同台北来的哥哥姊姊们在侄儿赁居的公寓内谈论着分散在三四个国度里的亲人。骄阳并未直射在我们坐落的窗口,却把屋内映照得尤其光猛。带着新刈的草叶香的风滤过窗纱,除了在窗巾旁略显它的身形而外,一入室内便不知去向

哥伦比亚街的车声一阵阵地在远方轰叫着,与任何其他地方的也都一样,两头细,中间大,像极了橄榄

三几分钟没有人讲话,杯中汽水的蟹眼缓缓上升,我愈益觉出母亲去世的真实,随便哪里也不能再看到她了

果菜集

洋 葱

不知是谁说出这样的话语,这样的光溜、浑圆而无懈可击。即使你去层层地推敲,直透深心,(乃至泪水在眼中打转)仍然一点道理也钻研不出

在众人相集成市的地方,那皮屑样轻巧的口才广播似的飞扬在空中

一些话语长时被遗忘在厨房的一角。记起时已长出黄黄绿绿的嫩芽,娇柔而秀美,像心中刚刚萌生的某种设计,像诱人的春天,像生命

花 生

现在它就在我面前,我捡起它,我放下它,再捡起它……我觉出

它轻轻地叩击,在壳内,像是逗引又像是不耐。(你若想它会像小鸡样自己啄破外壳爬出来你便错了)

你只有替它们一一破除外壳,脱去内衣,让它们以人海战术占领你的胃室。它们的群性常令你生腻,除逃亡而外从不单独行动。开起小差来常常机灵无比,一闪便不知去向。找寻是无用的,那时它必然已躲入你最难搜索的潜意识。只有在某个你最不经意的时刻,在最无防备的地方,由它自己出现

番　茄

鲜艳而光滑,刚好盈握的斋乳房。甚少有两个完全一样的

它们伸头探脑在一行叶茎丛中,仿佛下课时女子中学的长廊。多数的小心眼内,都是些半固体一粒粒犹未分明的对于恋的憧憬

葡　萄

谁也不知道下个礼拜他还要造什么。又说这一切都是他在一个礼拜之间造成的。那么这一串葡萄是哪一天的哪一个时辰造的呢?

从这紫紫红红的颜色看来,可能是在太阳还没升起或者已经落山的那种昏光中造的。要是天更亮而他能看得更清楚一点的话,他一定会安排得更舒齐一些。比如说像香蕉那样整齐地排列,甚或

香蕉那样自手到口的漂亮的弧度,都是可能的。现在看吧,这一群推推挤挤尽喜欢赶热闹的人。(经驱散之后只见几只东倒西歪的拒马,谁也不知道这儿曾发生过什么)

我愈来愈确定那是太阳已经下山,一日已晚的时候赶工赶出来的。那时显然香料是用得一滴也没有了,主要的原料也剩下不多,乃至不怎么大的颗粒里面还得渗些酸水

另外可见的是那一日的临了,他已疲倦不耐,勉强地造完之后连一张公式、成分、制造方法等像样的说明书也不写一张,只是敷衍了事地塞进几粒黑黑黄黄的沙子算数。其实他如果真的太累的话就不造葡萄也不会有谁说什么吧

菠 菜

藜科季生菜蔬,原产地亚洲,叶绿根红,雌雄异株,自下种至收割约四十至五十日,富维生素 A、B、C 及铁质……

虽说是藜,可那尖尖的叶却更像四向瞄准的箭镞,为啥那样愤怒呢?炽热的情绪居然灼红了深藏的根;四五十日便割取自是不曾有多少风霜历练;既然雌雄异株,大概总是不自渎不搞同性恋的人居多吧!而且是亚洲人

(然则菠菜竟是什么样的一种烈士么?)

镜

I

镜是时间的井,其深无比。这井常常横起身来扮成窗的模样

井中积满了各样的物事,诸如破旧而褪色的天空,忘怀了的思绪,松松散散的乐曲,不愿但却非笑不可的脸孔……所有这些一跌入后便一直在里面发酵,待成为酸酸黄黄酿坏了的诗那样的东西时,便有人来打捞,大块小块的都各有用途,最小的碎片都可以修切成口香糖那样送去庙里做签文供人咀嚼

说到庙,庙也是井,不过大都凿在时间的背后,一直向井中看便能看到它。有的人还能看到神与鬼,是真是伪便不清楚了

II

一拳击出,镜碎裂成放射状的二十余片尖如刀形的窄条,每一条

中都嵌着一个不快乐的人的一部分

III

睡时做梦

醒来便照镜子

梦是睡眠的窗。镜子是墙长出的圆圆的梦。墙，间隔着醒同睡。一边开了窗，一边生了镜。窗外是一层层剥也剥不完的明天，镜里除却尘霜而外什么也没有

IV

镜是个多项的乘方公式，动不动就将空间乘出若干倍来。新增的世界与原有的完全一样，新增的世界与原有的完全不同。第一个提出正、反、合的道理的是镜，并非什么哲学家

V

先，我向旁边一歪，脸自镜中消失；而后，我突地站直，脸倏地又在镜里出现。我快速地这样重复玩弄着我新发明的影印机，并一边默数着一、二、三……

到了六七十张的时候,我停下来理齐这厚厚的一叠,张张都一样,一叠未经填写的空白的表格

VI

不可以将两镜对置。否则它们会像夫妻一样针锋相对地争吵个没完没了

小街的九月

沿着鸟声与蝉鸣搓成的绳子走。拐弯处杂草青青。树脚下一只褪色的香烟盒

一个婴儿哭了,全世界的婴儿都哭同样的语言,直到学坏了之后

大家的门前都种一点花,开也好,不开也好。多数的时候门都关着

冬　晚

大门一出便是冬天。远山顶的积雪日日都在这时扮云。唯有我呼出的蒸汽，上升，加入别人呼出的蒸汽，点头打招呼之后，一齐都坐在那里，规规矩矩地做云

夜总是打街的左边到来，向市场的那一头过去，一到人多热闹的地方，它便忘形了，变得亮了起来，一直要离开了两三个街口之后，才会记起自己的身份，才老老实实地又黑了起来

七点的新闻还没开播，狗们的流行歌也还要再晚一点才唱。现在，所有的车子都是回家的

蜗 牛

处身草丛便成为草叶的间隙，来在砾石群中便化身为一粒砾石。蜗牛是席卷一切潜逃，跑了和尚也能跑了庙的聪明人

说是聪明或有不妥，街头的市侩也聪明，但它绝不类那些。说是智者可能更贴切吧。其实仁者、勇者它都当之无愧。比如说它不采争竞扑杀的齿爪，不具蛇虫的生物武器，不降低到两栖类的不讲原则，一切急喘奔跃以及飞行的贼巧皆不屑为。所取者仅及伪装、防护以及躲藏等看似消极的措施。然而这消极深处却需要一个更勇敢而积极的灵魂

所有的生物都吞食了时间撒下的饵——速度，乃至都成了时间的奴隶，运动时唯恐不够速。蜗牛在长期的定、静、安、虑之后，悟到速极也有其限度，不如处之泰然。到达，是的到达才是最重要的。不必行程，不必时限，到达一畦生鲜的菜蔬，到达油绿的草丛，到达秀陶手植的花树之柔嫩处……

1995

理　会

有一天我去到一个一辈子也不曾去过的小镇。走在窄窄的街道上，我游目四顾，蓦然间觉得四周的景貌颇有点眼熟。左手边一幢房屋的形象，约略剥落的旧漆，门窗的大小，方位的配置，都是我每日必见的那样。我停步闭眼，想：大约五步之前应该有根电杆，电杆上应有几张残破的招贴（不知有否新贴上的？），电杆的右前方是一个铸铁的圆沟盖……我张眼：电杆、沟盖果然就在那里（也不见什么新的招贴）。我清清楚楚地理会到我一定是回到了那个极其波折的前生。我快步跑向街角的一幢房屋，擂着门，大声地呼叫着她的名字……

从头来过

那是一个快车从不停靠的小站。一出车站便是一条直直的乡道，略有坡度。走不到一盏热茶的工夫就在乡道开始转弯的地方有一棵浓密的榕树，荫覆的面积特大。树下仅有一丘孤坟，有碑却无铭文。赶路的人爱在树下纳凉，爱坐在碑头或者抽烟或者聊天。所以在这棵树附近经常都比那荒凉的车站还人多、还热闹。但你不可赶在九月九日黄昏九点九分九秒的时候来到坟前，不然那坟就会裂开让你走入，让九万九千九百九十九加一，让一切都重新再来过……

2002.8

斗　室

除了叫它"斗室"而外，从不曾想过叫它××堂、××斋、××楼，或者××庵。因为它不过是我生息于斯的所谓狗窝。就其寄身的作用而言，就如同乌龟壳般

一走进它我便觉得舒服。仿佛穿上了量身定制的套装一样贴体，毕竟内中的一切都是由我预设的。真是到处都有我，到处都是我。地毯上有我趾迹清晰的脚板，椅子里有我股臀压成的凹窝（还是温温的哩），杯子上有我的指纹唇印。真是到处都是我，到处都是我的DNA

一走进它我便觉得妥帖，觉得祥和而没有恐惧，而且不再繁忙，全然没有了压力。有的只是欣然的期待、逸乐的意绪，就像是刚戴上保险套一样

那！墙上挂了些我喜欢的不值钱的图画，空中飘荡着足以把别人都赶走的其实一点也不古典的现代乐，也不知怎么搞的，竟然通通叫作古典，架上罗列的多是些闲书（也不免有几本板起面孔说

大道理的）。它们都是待我宠幸的三宫六院，今夜我可以随意抽出一本或几本带上床

我的盆栽普遍说来都长得不怎么好，主要的是由于它们受不了我那种饱一餐饿两顿的养育手法。它们就如同傻傻的老百姓一样，只要不死，一切都只好逆来顺受

好多年来我一直都是用那种每张印了两个月的挂历。一个朋友今年送了一份每天撕一张的这种。这下子可好了，这间斗室便常常过在外面那个世界的前一两天或者后三四天的时候……如同想把那个世界蒸发掉似的

遗 忘

记忆与遗忘是一娘所生。记忆是大哥，受人爱戴，出尽风头。遗忘是老弟，怀才不遇，默默无闻。只有当人在百般推搪不住之后，才嚅嚅嗫嗫地提到它的名字，说："对不起，我忘了。"

记忆总是由人主动地去争取。学校、书本、口授、俗谚以及偏方多的是教人、协助人去增强记忆。不同学科甚至有不同的系统，方法不胜枚举。连几个月便滋生一个世代的硬体不也是以记忆库之硕大而称豪？至于遗忘呢？总是遭人白眼，被人规避。不幸偶然被遗忘造访则悲哀得就像是钱包被偷一样

其实记忆同遗忘同样重要。而且善忘的人比善记的活得快乐

聪明人说："忘掉吧，让过去成为过去。"然而要怎样去忘呢？你总不能像擦黑板样三下两下便把它擦得一干二净。有些人说得更好听更富诗意"把战斧埋掉！""把刀剑回火铸成锄犁！"以为这样就可以忘掉战争，异想天开

记忆我们从小就会，从小就会用眼去看她，用耳听她，用鼻去闻她独特的体气，用手触摸她的拐弯抹角。直到牢牢地记住，一辈子也无法忘记

是的，一辈子也无法忘记。对于忘记我们没有方法，我们无能为力。我只有被动地傻傻地听任她自来自去

遗忘，谈何容易。你必须废寝忘餐地穷四五十年的工夫去修炼，有幸达到初段时你就可以不时地丢掉门匙、手杖之类。精深点更高一个境界时才能把儿时光屁股游水的几个姓名搞错。到有限几个她的面孔也变得模糊，连自己的名字住址也全说不出来了，脑子里终日一片清白，真正的既不带来也无可带去之时便是大自在

树的轮回

对街一块三角形的空地上站着两棵枫树,高度一样,一棵较肥粗,正北向相隔约三十尺外的另一棵则较瘦削。肥粗的叶色总是较深,秋冬时叶落得也较迟,而每二月底三月头嫩绿的芽也冒得早,盛夏时浓密的叶簇几乎相接,不同的色泽更显,我不知原因,只能用一娘九子那样的说法自解

临街而又未设栅栏,醉汉们常来树下睡化他们小半瓶的下午,情侣们则常在树下啃猪头。而它那当窗盈树的绿意,每看它便想起我的朋友的"年轮飞转",每一见它无论是光秃的枝桠在二月的冷雨中濯洗,或是由嫩黄转碧绿,或是由黄而透红而洒落一地,总之它正当周期中的某个序段。四季一个轮回,首尾不断,令人艳羡。我想且不说千百个或者数十个,要是我们能多么一两个轮回,这世界不就会更灵巧更智慧些?然而不,不能,人没有轮回。人只是一出生便孜孜不息地孵化着一个终结——死亡

卷三　一杯热茶的工夫

选　心

每见到陈医生诊症室内的那副骷髅标本我就无法平静下来。有时那种震撼几天都不消散

今天他（也可能是她）仍然光秃秃地站在那个诊症台旁

穿衣的人我见多了，不穿衣的人也见过不少，不奇怪；唯独他（她）不但不穿衣，连皮肉、腑脏都脱得光光的。初见时不过一阵悚然，见多几次后什么白骨乱蓬蒿、春闺梦里人等等全来了，很不好受

今天我下了决心要把他穿戴起来

这种生死人衣白骨当然不是易事。首先我掷铜板决定性别是"她"，就先松了一口气。因为如果是"他"的话事情便比较棘手。如身份、职业甚至官阶等等。是她就比较简单些，只要人漂亮，甚至连装扮都可以马虎一点

外表方面我采用了浓而密的长发,幼滑而白净的肌肤,匀称的体态,比橱窗里的那些还来得动人。内里呢?我装进了最耐用的器官,全是名厂名牌产品。生殖系统是能量最高的一种,肺是容量最大的一种(不然就不会有大音量),肝胆等经过测试都没有问题。现在只等把心装进去,管子一接,线一缝,她就不必成天地站在陈医生那里了

我挑选着,拨弄着盆子里那二十几颗各式各样的心,有大有小,有软有硬,有红有黑,眼孔有多的,也有较少的,还有一个眼也没有的。我愈挑愈迟疑,愈挑愈不能决定,愈挑愈觉得责任之艰巨,全身大汗淋漓,对着她美丽的胴体比面对原来的白骨更畏惧更不安了……

2000.4 洛杉矶

另　类

I　天灾人祸

每当世界上任何一个角落发生或者天灾或者人祸时，死人动辄盈百上千，皆令人物伤同类心中难过。唯独这天灾人祸若是发生在日本时，心中便窃喜，一看数字真是死亡愈多愈高兴。这般异样的标准真是不够伟大，真是下流而又无理。这理只有我知道，天知道，靖国神社的那些战犯也知道

II　三四颗子弹

我啤酒肚的脂肪层厚足三又八分之五寸。如以小口径的玩具枪，横向擦皮而射，来上三四枪应无大问题。要是一弹＝总统，三四弹＝什么？

2004.10

一杯热茶的工夫

在所有丈量时间的单位中,没有比"一杯热茶的工夫"更有味道更富诗意的了。那会儿工夫可快可慢,可长可短,绝不似其他的计时单位那样斤斤计较,那样铁面无私般死板

她把开水冲进放了茶叶的杯中,"一杯热茶的工夫"便正式地启动了

我凝视着杯中,水色渐浓,茶叶有的纷纷下沉,有的又打杯底欣然地上升(半途中它们相遇时也会握手寒暄一番,或者互问近况及动向吧,它们用的是什么样的语言呢?)

她的那些提问我无法作答

我已闻到茶的馨香。我掩饰地举杯就唇,无奈那茶的温度实在过高,我仅能吸入不足以润舌的几滴,而又轻轻地把杯子放下。然而无论我如何地拖延我仍然想不出如何去回答她

"她的同学们都说坦克车开过来时大家都退向横街……这样久……音讯……？"

我注视着杯中逐渐舒展的茶叶，想起有人能凭茶叶的列布及形态而推测出吉凶的事……那一杯热茶的工夫真长，真是命一样长，一样的带着淡淡的苦涩

2000.12

糖衣集萃

吞食了一辈子的糖衣毒药，到今天虽然被毒得终日昏昏沉沉的，但却没死。毒药吞食后留下大批花花绿绿色彩缤纷气味芬芳的糖纸，其设计精巧颇富艺术性，展玩之余不忍抛弃，现集之成辑

大东亚共荣圈　中日提携　共存共荣　同文同种

我永远爱你　我们患难与共　疾病相扶持　永不分离　跳楼大减价　终身保用　神爱世人　南无阿弥陀佛

减税　消灭大码杀伤武器　把民主移植别国　世界警察　我站在我妈妈的坟头上发誓　我是为了你好　呜呼哀哉　尚飨

2005.5

墓 园

那天我陪她去上坟,她妈妈的坟。那是个环境很好的墓园,大大的一片绿油油的草地以及荫荫的大树,没有高低不一杂乱竖立的墓碑。碑石都是小小的方块平埋在地下。远望不见墓碑只见一片平坦的绿野,高尔夫球场似的

她忙着插花,摆贡品,跪祷。我只能无聊地四处走走,望望,碑块上刻着中、英、西、日各种不同的文字(阴间的文字可能更多种吧!不是有很多文字已经失传了吗?)有碑石的坟地占多数,有些无碑可能下面还是空的吧,还在等人去填空吧

每块坟地大约是三英尺①乘八英尺的样子。土地在这里是一种消耗品,用一块少一块。理论上一定有一天整个世界变成一个大墓园。到时候不论活人死人都得叠罗汉样码起来,愈码愈高,孩子们在下面拍掌唱歌……

---

① 英尺,英美制长度单位。一英尺等于三百零四点八毫米。

我回头走向她时,她已起身站立,眼睛红红的……

2005.5

梦

大叫一声,我自一场噩梦醒来,她急促地摇我的肩头:"你怎么了?看,衣服都湿了……"

我:"……"

"快去换一套干衣服吧。做了什么梦说说看。"

我起身换了衣服回床。重又躺下。全身还有点颤抖抖的。

"什么事怕成这样呢?"

"你不知道,我不是怕,是气得发抖。"

"做梦也生那么大的气,真是……"

"你不知道,真是气死人呀……他们居然嘲笑我们的民主,说什么多数少数。我说民主就是少数服从多数。他们就嘲笑说什么多数的笨蛋选出一个更大的笨蛋要叫少数的聪明人去服从，服个什么屁……这样的民主值得几文钱……这还不算"

"也不知道他们是怎样逮到了我们的总统，脱光了他的衣服，把一个项圈套在他脖子上，链条的另一头牵在一个穿黑长袍、戴黑头巾的女人手中，大街上每走一步便有人拍掌吐口水。气死人了……"

这些也不算，最气人的就是为了报复我们把他们的圣物冲下马桶的那种深仇大恨，他们也拿出一个大纸包

"没想到纸包打开后，他们把那一张张我们全国人民都流血流汗去争取，全国人民都热爱的百元大钞全冲走了……哎，真是气得我要死……"

2005.5

心公园

前 言

古典文艺作品或诗词中常常有"心头""心上""心酸""心痛"之说,古朴自然。到新文艺腔流行时,很多大文豪创造了更多"心"字头的名词,据云既浪漫又唯美,诸如"心田"——你自己去想象吧,那田的大小,田中都种的是啥;"心扉"——那是木工巧匠的细合,开关自如,流畅无声;"心幕"——你可以认作戏台上的布幕,拉开来便有悲欢离合的表演,也可认作是电影院的弧形大银幕,或者七十二英寸①的电视大屏幕,演出的内容鸳鸯蝴蝶裸体肉搏可厉害了;"心湖"——湖中灌水可划船游泳,不注意也会淹死人;"心弦"——弹起来叮咚作响,吵得死人;"心……"

不才如我,见贤思齐一度居然也想创造一两个有新文艺腔的名词

---

① 英寸,英美制长度单位。一英寸等于二十五点四毫米。

如诗歌、质量、心什么等等又混账又曼妙的新名词

因为心中常住些驱不开、赶不走的人物，显贵的少，男女老幼多的还是日常可见的升斗之类，所谓逸事都不离油盐柴米、鸡毛蒜皮，出将入相搬弄起来便成一个十足的大杂院。然而"心大杂院"不但一点新文艺气息也没有，而且四个字，累赘

又想到我的心常是敞开而不设防的，眼一闭任何人都可闯入任何事件都可能搬演，可容上千人的大乐团演奏马勒，也能让吊儿郎当的老嬷独唱"唐明皇胡子长"。赶路的、散步的、慢跑的都有，就像是个公园一样。那么"心公园"也只好马马虎虎将就将就了

I

闭不闭眼都无所谓，我只要略一定神便进了这个"心公园"，坐在我爱坐的长椅上，"心扉"一开一阖，"心田"里稻风麦浪起伏一片。"心湖"中波光粼粼，荷香阵阵。"心幕"上往事清晰地一页页地翻过。"心弦"被振动得时松时紧……

II

一天，当我到达时，只见她牵着 Tutu 坐在那儿，几个月不见居然巧遇。寒暄一阵之后，我们补述着相互的近况。我问她第二个弦乐四重奏完成了没有，她却蓦地起身追捕挣脱皮带的 Tutu，牵回

长椅时,仅只轻轻微笑一下致歉。目送她牵狗离去的身影,我也沿来路走开,一直走到出口处卖热狗的小摊贩前才猛地记起她不是死在波士顿好几年了么

2005.5

风 景

I 秋

又湿又冷的秋走到那条小街的街头,伸长了颈子朝里也不过只是望了一望,一整街的树叶便黄黄红红地掉落成堆,而且嗦嗦地跑出声音来……左边是一片空旷的停车场,背景就是成群兀立的高楼,这时秋正乘上迷蒙的雾气在高楼的窗外游荡。一架如蚊的小飞机,发出缓慢而空洞的引擎声把仅存的一点点秋又斜斜地拖到东北方看不见的地方去了

II 冬

实际上冬也住在同一条街上,只是人比较刻板比较严肃一点。即使偶尔像太阳一样地笑一下也是冷冷的……小街的尽头是一片较少行人的坟场

2005.12

鱼烹记

任我翻过来翻过去，剥鳞、剖、冲洗它都一声不响地睁着灰白的眼望着我，直到我在它身体的两边各斜斜地划上两刀，然后又撒上几粒盐时（想来一定很痛），它才仿佛初醒似的喃喃地埋怨着"……偏偏这样多折腾，就不能像那守候在溪边的大熊一样，抓到我便一口咬下，给我一个痛快么？……"

"你这可真是少不更事了，要知道，第一，我是所谓的万物之灵，岂可拿来与大熊同日而语；第二，咱们累积几千年的烹调文化，执行起来既精致又奥妙，同那些茹毛饮血之流更是……"它无言了，仍睁着它的灰白的眼望着我的一举一动。我开了炉子，坐上锅子，烧了半分钟便用一块生姜在烧热了的锅子上往复地擦了几圈，然后淋了素油，油烧热后我把它轻轻地滑下锅，它的喊叫被热油的嘶嘶声埋掉了，直到热油的嘶嘶声稍停我才听清楚了它的埋怨

"……居然这样凌迟我……"

"别抱怨,也别恨我,我与你无仇无恨,你完全没听过大国小鲜的事么?现在我是治者,你是被治者,我们的立场不同,追求不同……"

"……等我翻身的日子来临时……"

"要翻身吗?我乐于帮忙,不翻自是一面焦,翻了才刚好两面黄……"

那天直到我把它吃成一把梳子一样,它,大概是赌气吧,一直一声也没响……

2006.2

地球仪

那天因为想查查看那个举世嘲笑的"迷航之旅"到底多飞了多少冤枉路,我便取下我那个置于书架顶上一两年也不曾用过的,比NBA制式篮球略大的地球仪来。唉,一两年不曾动它自然是有理由的。这一取下这个花花绿绿的大球,一时之间好玩的,不好玩的,历史、地理、战争、饥荒全部逼到眼前来了

上次不知曾查阅过什么乃至它停在北美洲向上的位置。这一取下,自加拿大到北极圈积满了灰尘,想起让那些地区的人们白白地过了两年暗无天日的日子不禁一阵歉然

查阅的结果是两点之间直线仍然是最短,而两点之间曲线则也可能有趣也可能荒唐

而后我轻轻地拨转它,是的,我转动时一向都是轻轻地诚惶诚恐地。想到念初中时老师说世上人口总和是二十亿刚出头,而今天的数字是六十五亿。我就是不转动它,它的人口也要满得溢出来了。如果我再毛手毛脚快转起来,那些没抓住什么的人不都要飞

溅出去么

一九四八年的那个二十亿不知到今天尚存几许,而最少有四十五亿人都是最近这五十八年新生出来的吧。据云非洲人的寿命最短,平均不到四十岁,那么那二十亿中的非洲人可能都走了,(还剩下几个吗?)而日本人的寿命最长,平均在八十岁以上,那么那个二十亿中的日本人都还在扶桑三岛上散步吧。那些男性,那些老头子是否还记得曾经戴着尖尖的军帽,背着三八式的步枪,在中国耀武扬威的日子呢?他们做梦的时候是否还想再来一遍呢?成,当然好,就是败不也可以无条件再投一次降么,套一句美国话说:You have nothing to lose...(你没有失去什么……)

除了拨动要轻以外,我还得记住左转或右转的圈数,如果顺转一圈就得倒转一圈去平衡,因为每转一圈世上便多出了二十一二万新生的婴儿,顺转一两圈任世上凭空多出几十万人倒也无所谓,倒转一圈二十一二万的婴儿就得爬回妈妈肚里去便也太恶作剧了,我不能那样做

我的眼光游移着,自一洲至另一洲,自一国至另一国,想着好久不曾注意了,现在是多少个国了?快要两百个了吧,而且还有些地方还在流血斗争,要独立,要自由。我打深心佩服他们,并为他们祝福,希望他们早日成功,无论男女都不必身上再绑满炸药教自己灰飞烟灭。比起那些壮烈牺牲的烈士,也有一些政治骗子,也高喊独立,私下却只是贪钱,身上绑炸药么?笑话

自深蓝的海洋中看到几个似黑色斑点的小岛,一看名字居然是一度死人如麻的地狱,至今手指触着它也是灼热的。再过来又是一个出名的穷国,孩子们总是光着屁股,挺着鼓胀的肚皮。自我上次见到今天也快二十年了,情形也许好些了吧。唉,这个地球,这个四千一百八十万分之一比篮球略大的玩意,等哪一天我抽点时间把它搞成一比一,那时一定一切都会不一样。今天,还是把它送回书架顶上去,再一两年我也不想看它了

2006.4

等

等待就是死亡。偶尔的等待是化整为零的死亡。当人说:"请等我两分钟。"便是说请死亡两分钟。在这两分钟(有时是十分钟、二十分钟,有时是三个月。)你不是活你自己而是那吩咐的人在活你。那人当你是一件物事,将你暂时寄存在一处,等他忙完了比你更重要的事之后,再回来提取你

也曾等过她、等过医生、等过发榜、等过一个不好的音乐会散场,或者像我现在这样等飞机么?也曾等过一天、两小时或者十几分钟么?在这一天、两小时或者十几分钟之内你想你是活着的么?你是工人这时你能开工么?你是军人你能开仗么?更不必提农夫了,他总不能带了庄稼去等。所以大家都会像我现在一样,也成为一众行尸走肉中的一个。眼睁睁地望着这些麇集着的、蜷伏着的、流着泪与亲人话别的、接最后的吻的,不刚好正是一幅死别的景象么

文乃斯海滩素描

韩国小贩在停车场旁用成千只太阳眼镜挂起一堵墙,无头的众眼看向同一片天,每一只都努力地制造小块小块的日食。狗来了,散步的来了,女子们都穿着八个轮子的溜冰鞋来了。犹太人的女老板端来了墨西哥式早餐

对面三楼的房客很想在侧面开一扇窗子,房东为他画了一面大大的,硬要他挂那样粉红的窗帘,而且窗前一定要放一个鱼缸,两只红红的鱼浮着不动

台北记行

I 永远的牛肉面

蒋介石机场已更名为桃园机场,好!更好的是桃园街,更好的是桃园街的牛肉面

一端上来仍然是那样热气腾腾的香喷喷的教你无可奈何,增一分太咸,减一分太淡。除了放或者不放一小匙酸菜丁,加或者不加几滴辣油等一两样花拳绣腿之外,其他的完全束手无策,五十年前如此,五十年后依旧如此

那湿湿的街头,阴阴暗暗的座头,分开后几乎是梦魂牵绕的场景仍然是那样,堂倌的呼喝也仍然是那样简洁:"两红烧!""一清炖,烂面!"……

往往在外乡,在 pizza(比萨)及 taco(墨西哥卷饼)的交互轰炸下这"面愁"(当然较优雅的说法是"乡愁")便不禁油然而生。

而今夜，今夜这一碗下去，"永恒的牛肉面呵，今夜我可以暂时撇下不想你了"。

II 景福门

黑瞳单眼的景福门终日同另一幢建筑对望着景福门浑厚而富丽，虽然城翼已撤除，仅只剩下一个孤单的城楼子，而其筑造、线条仍然是那样富态而宽宏，具中国风貌，美丽着。对面那座建筑物据云当初是建给总督坐镇用的，形式有点不东不西，——性变态式一柱擎天样的一根粗粗短短的阳具永不下垂地翘在那里

III 槟榔

他的变速杆旁放了一小袋槟榔，我提起胶袋的一角问他，他说五十元一袋，一天要嚼两袋。我问他我可以嚼一粒吗？他说："请便。"一粒入口，嚼起来那股久别的诡而青涩的味道慢慢地沁满口内

老先生的牙还不错嘛！我老爸不到七十岁，满口牙已坏，不能再嚼了。我听了微微地泛起了笑意，并不开口，只是静静地欣赏那起自腭部达到太阳穴的那种绞紧的感觉，直到头部升起了汗气

突然间记起那个女孩子因为着恼于我吐出了一口红水："你再嚼这玩意我就不理你了。"而最后她虽然没有理我，但却是为了别的原因

IV 天地不仁

天地不仁，整惨了我的两个朋友

商禽周身打战，走路只能细步前擦

楚戈更糟，不能说话，不能吞咽，交谈要用纸笔，进食则靠腹部的胶管。据说胶管中如果倒进几滴酒的话，还是会有效果

然而不仁的天地却夺不走他们的创作力。商禽还能替我写序文，楚戈仍可帮我作插画。我本来就赞夸他们的才艺。现在看到他们对病痛的藐视，对不仁的抗斗，便对他们又多几分庄严的敬佩了

2006.6

话说月亮

I 前言

一提到月亮我们总会以为几千年来经过那么多诗人墨客的笔绘，月亮已经是写无可写的了，然而又好像并不如此

月亮有它科学的一面，什么地球的卫星、体积、速度等等一大堆数据，那都无关乎诗人的事，且暂放在一边不表

然而几乎没有一个诗人不曾写过月亮，轻描淡写的有，精雕细琢的也有。不过所有的这些人都免不了是皮毛之言，狂妄之言，无稽之言。因为到底谁也不曾上过月亮，谁也不曾在那里住上一日两夜，谁也不曾摸触过、闻嗅过，谁也不知道那里有没有广寒宫，有没有桂花树、嫦娥以及杨贵妃是不是真的住在那里。写的人既然胡言乱语，听的人虽知道人家扯谎但却抓不到证据

比这些胡扯更糟的是那些更无聊的诗人，动不动就见月思乡，见

月思情人。其实月亮同他的故乡同他的情人八棍子也打不出关系来

这还只是开场白

II 3P

话说李白先生有一天寂寞无聊便举杯邀明月，再凑上他自己的影子，轻轻巧巧地就玩起"3P"来了，一时之间徘徊零乱玩得不亦乐乎

若干年后苏夫子在湖北黄州来了一首《念奴娇》，写中秋也来那么一手"举杯邀月，对影成三客"，文坛上有西施就一定有东施

III 月及思乡

最坏的诗就是那首作恶多端的"举头望明月，低头思故乡"。搞得东施们后来一看到月亮，什么形色，美不美都不理了，一味地思起故乡来。就算那故乡一骑上脚踏车就到了，或者买张公共汽车票马上就到了，也要若有介事地思它一番。听说还有大诗人专号"思乡诗人"，肉麻吧

IV 各种月亮

我看过不同国度不同时节的月亮,有圆有缺,有衬云的有不衬云的,有含山的有不含山的,有映水的有不映水的,有欺星的有不欺星的。然不管怎样同我在几个故乡所见的都差不多,以亮度而言没有什么一个比另一个更亮,以体积而言没什么此地的比别地的更大那回事。我觉得月亮并不像那样欺负人的市侩一样,对我是一副面孔,对别人又是另一副面孔。不会在这个国家就特别圆特别光一点,在另一个国家就会暗一点或者啃掉了一口像"苹果"的商标那样

说外国的月亮比较圆的人,就跟说隔壁院子的草比较绿,或者说别人的老婆比较漂亮那样。自己院中的草不服气不说,老婆听了可不好

V 月亮的埋怨

这几天月亮板起了它的胖脸不言不语,我怕惹恼了它,望过它之后马上就转头望开,问是更不敢问

"……"

"怎么啦,有什么说出来会舒服些。"

"还不是你们这些臭诗人,尤其是你们这些中国臭诗人……"

"……"天呵,我什么时候惹恼了它了。

"说吧,我站得这么高,当然人人都看得到,但看就看嘛,干吗

一看到我就要想他的破故乡呢？"

"哎哟，这也是人之常情嘛，或者那人在故乡看过你，所以现在一见你便想到故乡嘛，这不就是所谓触景生情吗？"

"什么触景生情，装模作样才对，在故乡不也上洗手间吗，那以后一上洗手间一听到水响也该思故乡了吧。见鬼，还有更无聊的哩，说一看到我就想起他的爱人来了，这不是荒唐么，我同他的爱人又怎么扯上了。拜托你们这些叫人恶心的诗人，以后你们要思故乡想爱人就去思去想吧，不要再把我扯进去。"

"……"我。

VI 面青的月亮

那天晚上月亮仍如它一贯地面无表情地望向地球，一大一小地在无际的夜空悬浮着

蓦然自地球的一处闪出一点亮光，一支火箭扫把星一样地对准月亮飞来，月亮刚想闪身躲避，那个扫把星却贴着地球平飞，飞不到一小段距离便向下俯冲了。光亮一闪，一团火球升起，等月亮仔细看清时，只见一栋大楼已经被摧毁，死伤遍地

这一下吓得月亮青白了脸，摇晃了一下几乎掉了下来

2006.12

假 天

五月二十三日上午十一点,天不声不响地蓝着,从头到尾尽是亮亮的透明的湛蓝,连一片大蒜皮那样的云也没有,摸起来滑溜溜的仿佛是塑胶制的假天似的

一只鸽子自二楼阳台朝对街的一株大树飞去,不知为何在离树还有几尺时又轻捷地飞了回来,像在不是真的天空中飞行就不怎么习惯似的

报　纸

今天是六月五日，除了比昨天略微凉一点以外，同昨天并没有什么大的分别。我刚吃了几片饼干，喝了一杯好绿茶。现在我手头没有一份报纸。就算有一份的话也都是讲六月三日或四日的事情。一直到明天或后天读报我才能得知今天（这个早上）发生了一些什么事情：伊拉克有三辆汽车炸弹爆炸；总统大人又说了些什么显露其无知的话；我也曾光顾过几次的那个小饭店的停车场上，一个青年人晚上一点（我已经上床了吧）被枪击死亡。伊拉克我大概是不会去了。但那个小餐馆说不定哪天我停下车来，自它的后门进入，在门边碰到那位戴了个厨师帽、脸尖尖的、蹲在门边抽烟的人，问一声打死人的事，他瞪眼望着我，茫然地"什么死人？"

2007.7

卷四　禅以及四个漂亮的锅贴

猩猩言

猩猩栏边今天人较少，往日人挤，我只能站在远处。今天我居然能站在最左边距离坐在大青石上的那一对猩猩最多也不过十来尺的地方，乃至毫毛以及那只男猩猩身上的伤痕也看得清清楚楚，连他们唧唧哝哝的悄悄话也听得一字不漏。初，像是蓦然听到几十年不曾听到的乡音那样觉得有点陌生。站久一会儿之后，加上他们拉拉扯扯的身体语言，我便全然地了解了他们窃窃私语的全部内容了……

……"别回头，那个常来的胖老头就在你后面傻望着我们……""望我们干什么？""谁知道那个神经病，每次都是那样痴望着，直到快关门了才走。""也不一定就是神经病吧，不过倒真是怪怪的。"说着说着那只女猩猩不知在男猩猩身上找着一粒什么（虱子吧！）放进了自己口里，说："一定是个无所事事的无聊而又荒谬的家伙吧，看来年纪也不小了……"

"无聊与荒谬同年龄一点也没关系。咱们没他那么老，但自出生以来便一直住在这山不像山，岛不像岛的鬼地方，要说无聊我们才是无聊的祖宗哩,但荒谬嘛却未必。"男猩猩这样说。"也对,其实我们之所以要在这里过一辈子是不由自己的,外面的世界那么大,他老是别的地方不去,总是傻傻地望着我们真是又无聊又荒谬……"

随着三三两两的人群出门时,我口中喃喃地念着无聊……荒谬……无聊……荒谬……一个小孩对着我微笑,仿佛听懂了猩猩语似的

2007.7

独 语

I 宗教战争

打虚幻的仗而死实际的人

II 抒情

餐台上三天前留下的一碟馊食

III 陋巷

自政客的心眼内延伸出来的一条又曲折又肮脏的黑弄堂

IV 爱情

糖衣伟哥

V 贝壳

海的床

VI 她的胴体

拿记忆喂养我的手

VII 古迹

被游客的眼击打得残破

VIII 风景

两河交汇处晒着一条大裤子

IX 蜗牛

今晚试试双人房吧

春 风

朝阳耀眼,拉开窗门后迎面一阵清新的微风,竟然一点凉意也没有。阳台的地上仍然可见昨夜小雨的湿迹,在这样的软风中慢慢隐去

几日前仍是一树秃枝的枫已抽出一簇簇嫩黄嫩黄的新芽,嫩而且薄,了无绿意。仿佛是一树凝固了的尖而脆的细致的鸟鸣,吹弹得破

这里没有繁花似锦,也没有游人如织。这里只是一条陋街,只有淡黄的朝阳以及一街满溢的风。这风不足以吹举裙裾,不足以飘舞长发;这风只能吹得你慵慵的,吹得你软软的,吹得你心痒痒的,即使你已经七十四岁

2008.4

七五自述

噢,七十五岁了!真不是开玩笑的,四分之三个世纪哩。想不到死皮赖脸,吊儿郎当,胡作非为苟且拖拉地居然拉到了七十五岁,拉到了自己从前爱骂老而不的年龄。真是报应

活到这个年纪,对于那些二十几岁,或者四十几五十岁便离世而终止其创作的音乐家、诗人当然会油然生出一种自惭的情绪。直到认输的心态浮现时,反倒像一个刚被老师称赞的小学生样,乖个半天

既然老了当然不可以再凡酒瓶便要将它喝空。凡见到漂亮的女子便打马猛追。做人、说话都得改一改了。要知道无论是哪一种戏曲,哪一种舞台,都没有七十五岁之后还当主角的

时日不多了,有时似乎也该打算打算,规划规划,好在身无长物没有遗产的问题。最多心愿未了的不过是几本书不曾细读,几首二十世纪末的乐曲还没听够而已。其他的花、草、云……既带不走,也就罢了

七十五岁,七十五岁是个什么概念呢?七十五岁就等于一个花甲老头子外带一个十五岁的大小子。十五岁的大小子刚好便是那年离家的年龄。讨厌的只是他身边那个老头子,他是多余的

看来不马上熄灯打烊的话,这七十五还得一年一年地加上去。唯一的希望就是要加的话便请加在我不喜欢的那个花甲老头子身上,至于这个十五岁的大小子嘛,倒希望他老那样,别长大

2009.4

有一个早晨

我坐在窗前,太阳正尽职地、绝不偷工减料地烘着,要把一切都烘成道地道地的,货真价实的夏天。我闭上眼,什么也不想看;但我无法闭耳,只好任来去的车辆用杂音欺压挤迫那几只清秀的鸟歌;胃正忙着消化早餐,把铁观音、吉士以及冻肉搅得一塌糊涂不成形了。这还只是一部分的我,至于大部分的我这时去了哪里?别问我,我也不知道

退休了,最好的是不必再定时定点做一定无聊的事。现在的我可以在不定时,不一定的地方做些不一定会有趣的事。这区别一时三刻也不大容易说明白

也不知是怎么搞的,认识的老朋友愈来愈少,不知名姓的陌生人越来越多。另外有些东西又一分一秒地在减少,比如说寿命;有些东西又一分一秒在增加,比如说年龄

这世界真有它的妙处,活了这么久还是不厌,还是不想离开

2009.9

禅以及四个漂亮的锅贴

叫了一碗牛肉面之后,因为怕不够吃,便又叫了一份锅贴。等面下肚之后,八个锅贴还剩下四个,怎样也吃不下去了。望着四个黄澄澄、油光光、排得齐齐整整的锅贴,心想带回家去晚餐时再吃吧

正喝着最后几口面汤,走进一对三十来岁的男女,女的一身碎花的衫连裙,男的则牛仔裤、黑T恤,T恤前面一个斗大的白字"禅",我愕然了两秒钟,一口面汤连面渣带葱花全喷在锅贴盘中。愧于自己的失态,我快速地付完账逃了出来

一生与禅无缘,大三时读过一本《五灯会元》(也不知那本书是从哪里来的)全是一段一段的公案。而后又念了一点有关六祖惠能的文字。得到的印象是那是一种苦修,不是儿戏,不是时尚潮流。而后见过野狐禅、老婆禅、著相禅以及东洋人的捐客禅,以及等而下之的所谓禅诗禅画以及东洋人的半亩庭院摆上山石,铺上细沙,画上条纹的具体禅等,不一而足。而居然把禅

穿在臭皮囊上,今天还是第一次见,真是世界之大……然而可惜我那四个漂漂亮亮的锅贴呵

2009.8

2009 年记事

I 腐烂

她把二十几个坚硬得像是不锈钢螺丝钉一样的词字全倒在餐台上之后便眼睁睁地望着我……

我拨弄那二十几个钉子,望着她施施然走向门口的背影,转瞬间便去得涓滴不留,打扭曲的胃开始,我便快速地腐烂起来

II 面皮、发夹

在第一辆车的喇叭声终止、第二辆尚未开始的间隙我打捞。在规划的来去过千百遍的小街打捞,在众人标枪样的眼神投来掷去的战阵中打捞

我时时刻刻都保持着敏锐的眼神,要的,不要的,只需一眼,不思索,无迟疑,边捞边丢,劳苦的一日终了有时一无所获

然而，纵然能令自己喜悦数日的丰收亦不过是几只面皮上犹带有包裹时压出手纹的饺子、一支尚缠着几丝分叉的断发的发夹，至于只剩下一半的一声喟叹已经被时流冲刷得惨白……

III 没有格陵兰、新西兰

不管是早是晚，或是晴是雨；不管是冬是夏，或是悠闲或是匆忙，当她俯身向我时，我便看到两个半岛

两个尖尖的半岛，一边一个。我替它们取了两个好听的名字，右边的一个叫苏格兰，像威士忌一样醉人；左边的一个略小（不特别仔细是分不出来的）叫爱尔兰。我只管它们叫来好听，谁管它们是半岛不是？而且两个名字都带有"兰"字嘛

而后，我总是兴高采烈地飞翔起来，手舞足蹈、大声欢唱："……我的爱尔兰呵……苏格兰呵……还有英格兰、鸦片战争呵……"

2009

我的新行当

那年失业之后吃了半年的保险金,然后在家中磨磨蹭蹭地过了半年多,才开始寄发履历来求职。寄出了两百多封应征信,又等了几个月,算本人还是个不错的人才,总算也等到了三四个回复。经过了一番会谈、调查之后,便有了目前的新职——贴身保镖。对于这一职位之取得,我也说不清这到底是屈就呢还是高攀。然而年寿将届八十还能得到这一份工作,万幸吧

工作说来易而轻松。老板的保镖有六人之多,带头的老田是老板的司机,与老板形影不离。武艺高强枪法精准。其他四人,以二人轮流分别在老板左右保护,四人皆习武、练枪。只有我没武功也不佩枪,只是老板出现时,我依令跟在他身后,距离不得超出一尺而已。老板不出门的日子我们更是无所事事。大家不过是调调狗巡巡庄院而已,清闲之下养尊处优,我是更心宽体胖、体重猛增了

有一天我在门边听到老板在向老田说话:"……他的不活跃、发胖正是我喜欢的,你们为什么就是不能了解呢?那些好处为什么就

——要我说出来呢?你看七八十岁的人,食古不化,头脑冬烘,坚如磐石,几十年的沧桑炮制出一副铁石心肠,几乎是金钟罩铁布衫一样刀枪不入,只要有他在我身后我便自然有一股安泰祥和的安全感……"

2010.10

折 纸

下午三时许。孙女四岁半

我拨弄着一张裁得四四方方的纸片，想替她折叠一点什么好玩的东西出来。儿时我能灵巧地折出篷船、宝塔、猴子、白鹤等等。一纸在手，变幻无穷。然而今天不行了，今天我变得笨拙，心想的形象总折不出来。一折到下一折之间要错好多次才能折得对。最后也只勉强地折出一两样最简单的猪头、苍蝇笼而已

完了，一种好玩的技艺大概就要失传了吧。大姐曾教过我几样，然而前两年她已作古。想问也无从去问了。另外教过我的人也都不知下落……

二十余年前在一个朋友处见过一本英文的 *Origami*，翻阅之下发现有些我会折的东西未列在书中。想来日本人还不曾将中国玩意儿收集得完全吧

然而一想到"端午节"被别国人抢先登记了。"禅"几乎被人搬了

老家。"围棋"也"go"了。几个好玩的折纸居然也闷死在我这个活死人的心中。该死

2011.9

假

有真便有假，正如有手心便有手背。有真产品便有假产品。但人们不叫它假产品，叫它山寨货。仿佛是梁山寨的英雄好汉造出来的，厉害

作假之技术随科技之发达日新月异，作假之范围亦日益广泛。假烟假酒，假药假用品，一切大厂名牌之人造物皆有假不说，连上帝之作品鸡蛋都有假，且造蛋的技术甚至开班授徒，厉害

老板微微踮脚自肉架上取下一大片猪排来，用大刀砍着。他不打篮球脚下却穿了一双白白红红的球鞋，老婆帮买的特便宜，名牌。人都说现在的猪肉满是瘦肉精。他的肉铺一天要卖几百斤猪又不是他饲养的，且自家的餐桌上也不曾少吃，谁管他呢？从前吃火锅煮粉丝一煮便熟便断，便成糨糊，你看今天这粉丝多好，煮这久还是一根根的……晚餐时老板这样说着。老板说煮久了成糨糊的才是正货。这煮死也不断的，谁知道是什么玩意儿。一边说一边夹起一大把放进口里

小杂货店的张进在摊边坐着,老婆忙进忙出地张罗着客人,他一点也帮不上,没办法。几年前喝酒喝瞎了眼。小刘骑车进了大院门,推走近自己家门。隔壁的杨嫂见了就问,哎呀,这么一大箱,什么呀?呵,刚从邮局拿回来的育儿奶粉嘛!哎外国来的吧?是的,家里表姐从美国寄回来的,哎呀,等了两个月前天邮差来又碰巧我们俩都不在家,所以今天才自己去邮局领回来,两个多月也不知坏了没有,小刘一边说一边向家中搬一个大纸箱

2012.7

蜡　像

他们说今明两晚将是最冷的,大约熬过了星期一,甚至星期二才会回暖一些。在这个星球住了七八十年,对这些个什么冷了暖了早已适应,了不起也不过是加一件衣服或者减一件而已。连台风地震也都经历过无数次,何况这些小儿科……

从床边到洗手间是七步;从便桶下淋浴是一步半;浴室去厨房泡茶处是十七步,而后去到餐台头的电脑处是六步。每日就在这几点之间移动。就算不走两点之间最短的直线,一日下来也不过那么一两百步而已。要是能把这几点集中到伸手可及的一处,就连这一两百步都可以省了(或者两条腿也可以省了)

三五日不出门是常事

有时就算踏出大门,也常不过是小立前院三五分钟,亲近一下南加州这长年黄澄澄的阳光和这永远吹而不寒的软风。有几次凑巧看到东西走向的列车,总是那样六节车厢,总是那样有开着的有闭着的车窗,也总是那样零零落落地坐着几个不动的人,仿佛几

次我看到都是那几个相同的人东东西西地把无聊这样地搬来搬去

修暖气的工人连来了三天,今天快完工时,在后院抽烟。我听到他不知在与谁通电话:"……管事的是太太,先生只是每天坐在那里,几个钟头都不动,要不是右手食指有时点一下,这真像个蜡人哩……"

四月一个早晨

她的名片上印着 DDS。那本来是 Doctor of Dental Surgery（牙科手术医师）的意思。但正如同各行业都有自己同自己开玩笑的人一样。牙医们自己就说那是 Digging, Drilling & Screaming（连挖带钻带号叫）

四月头的早上天还是挺凉的，楼下长得高的枝条也还是光秃秃的黑色。我是她今天的第一个病人，当我想起这 DDS 的时候，她在我的口中已经大肆地 DDS 几分钟了，只是我一直强忍住还不曾呼叫而已

躺椅沿着窗边置放，她坐在我的右后方，每一躺下我当然都是闭起眼睛的。而我总是觉得她好像有好几只手似的。要不然我怎么总是觉得我满头，满脸，满嘴都有她的手工作。而每次当她叫我起身漱口时，我张眼仍只是看到她清清爽爽的仍是两只手，是的，两只

实际上这功夫绝不止于挖同钻，比挖同钻更教人椎心透骨难受的

是她那招牌上没有标明的磨。我一直都想看看那是一种什么样的刑具，可惜一直没有机会。这个磨教人难受的地方就像是粉笔在黑板上，有时角度对了，或有时移动的速度对了所发出的那一声尖叫能让整个教室里的师生全部牙齿发软那样的程度。最让我奇怪的是，今天她加工的这三个牙中有两颗在多年前就已经抽掉了神经的，不知为什么磨呀磨地有时还会痛得我很想成全她而大大地呼叫一番

也不知道她是怎样发觉我的坚忍已经到了极点，居然："马上就好了，这是最后一颗。"而后也没叫我漱口，又继续地没完没了地磨下去

每一瞥见她那盘子里排列着的插着的挂着的那些发着森冷森冷寒光的十八般凶器，不需要它们行动，不需它们操作，只需要望它们一眼，满口的牙齿都软了。每一躺下，她的手势也还算温柔，但机器一响一切便全然地铁面无私了起来

这之后的几分钟，一分钟抵十分钟二十分钟那样长。每次我以为她完了，但她一低头仍然又钻又锉地继续起来

从躺椅起身时，寒意是一丝也无了，背上却自觉流出了一身汗。这时但见她摘去口罩："两天后同一时间，来试假牙。"

端　午

仅仅是端午的前两天,我还在心中默念着,今年一定要去买几个粽子以及其他几味应节的吃食,好好地过一个端午节。没想到也不知是怎样糊里糊涂地再记起来时,已经是端午后的第三天了。好多个中秋、端午及阴历年都被我不经意地放过去了,真是愧为炎黄世胄,愧对一应的华夏节气了。难怪连外国人也看不过眼,把端午也"发明"过去,而且还拿到联合国去登记注册哩

听说端午原来是我们的祖先拿来纪念屈夫子的。因为他在清冷的汨罗江中醒来时,又冻又饿,很糟糕。好心人就包了一些糯米粽子投入水中给屈夫子充饥。此处也正可见祖先们的聪明智慧。粽子不但包出了甜咸等各式花样,而且包得严严实实地泡在水中绝不散开。而且屈先生只要把它放在微波炉中一两分钟便热气腾腾了。连航天员也认为这东西好,还把它带进太空舱去吃。这可是外国想死也想不出来的

我们北方的这个邻居在联合国登记时,宗旨一栏不知是否也填上是纪念屈原屈夫子?他们如果说是无关乎屈夫子,而且也没有把

最重要的粽子也"发明"过去，我们不妨网开一面由他们去吧

我们靠南边的一个邻居不是也庆祝我们的中秋节么？不过他们并不说中秋原是因为反胡的通信需要，把造反的消息藏在月饼中，而后在亲友中传递。他们只是让孩子们提了灯笼在月光下活动活动，而且把这个八月十五定为儿童节。所以中国侨民依旧笑眯眯地吃他们的月饼，一点也不生气别人把中秋节"发明"过去了

小狗 Benky

Benky 是第二天我们要孙女替他取名字,她脱口而出地说"Benky",仿佛早就想好的似的。不过我们都觉得也不错

Benky 没有价钱,他不是买来的;我们也没有因 Benky 而欠什么人情债,他不是什么亲朋送的。Benky 是他自己穿过我们前院的铁栏栅走进来的,我们替他洗了个澡,喂了点肉汁拌饭,他便住下来了

这然后一连去了两次兽医院,我们才知道他是吉娃娃同梗的混种,身形小,不到三磅,约八个月大,奇丑

如果说怒发冲冠,则毛发与皮要成九十度才行。不,他还不到那个程度,但他的毛与皮绝不平行,概略说来他的毛与皮约在二十至三十五度之间,绝不平顺光滑,而且每一根毛各有个性,各有各的方向志趣,乃至永远蓬松而不服帖。然而他的两眼浑圆而漆黑与圆圆的黑鼻头成为一个倒品字,两耳高耸,cute(可爱),丑而 cute,是一种绝妙的组合

与孙女俩可说是一见钟情,二者的性情也特别相似,贪玩、爱吃、喜欢人多热闹而不愿寂寞独处,恶作剧起来二者绝难分出彼此。几次因为 Housebreaking(培养卫生习惯)出了问题,我们想放弃,把他丢掉。算了,第一个悲哀难舍的就是她,结果当然是她及他赢了

Benky 已俨然是家中的一员了,大家都疼他、帮他,除正餐的食物而外,还有不同的零食、各式的玩具、款式不同的衣衫。对于一只奇丑无比的小狗而言,真是种怪怪的"缘"。想想吧,谁能够钻进人家的大门,然后便舒舒服服地住了下来,而且玩着,而且满屋子哄然大笑不绝

又是"炳记"

上次写 Benky 说过这名字是孙女取的,取其小巧可爱如橡皮奶头的意思(Benky 是儿语,学名应该叫 Pacifier,但如果叫作 Pacifier 还有什么味道呢)。这是我第一次以中文译音写出来"炳记"

中文这一写出来任怎么看一点小巧可爱如奶头的味道也没有,不但不像是小狗的名字,多看两眼倒像是广州或香港小街小巷间专卖烟、酒、火柴、草纸、肥皂……的小杂货店的名字了

从炳记第一天来我们家到现在已有一年半了。我说过他奇丑的话,到现在已经不准确了。大概是由于养尊处优的关系吧。他虽然因为品种的限制,没有长得高大,但体重却是原来的两倍,出落得非常圆润,根根独立、各自为政的毛也变得油滑。我们只是觉得较初来时顺眼而已,但这些天只要是初见他的人,个个都赞他生得漂亮可爱。有几次祖母带他去学校接孙女放学,整班的孩子见了都围过来,又摸又亲地都赞他可爱。真是人家说女大十八变,乌鸦能变凤凰。狗也有这种能耐?何况一只男狗

实际说来炳记的毛皮仍然非常蓬乱，以前的毛根根各有主张，现在看来仿佛有些不怎么坚持己见，有几处如耳角等等倒是有点同流合污的意思。就算还乱，也乱得就像是流行的歌唱明星那样能让孩子们尖声大叫了

一年多下来默契养成了不少，小动作只学会了卧倒、坐、握手几样，学任何动作都比其他的狗困难。比如人家都说混种的人聪明，炳记在这一方面却相反，这是纯种狗卖价贵的原因么

屋外有任何异动，我们大家都一无感觉，炳记不知是因为听到还是嗅到，总能极早地大吠起来，每次都准确无误。外号叫作廉价警报器也就是因此而来

我们因为自己马虎且宽松，所以对炳记的戒律不多。唯一的几条，比如说沙发不可上、洗手间不可去等等，但执行绝不严格。尤其是有客人来的时候，炳记最会趁势，一切的清规教化到时全部都破除了。虽然放纵，但炳记仍不失为一条好狗。好吃，喜欢一切人的食物，从西瓜到葱油饼都喜欢。有时我们也会硬起心肠来拒绝炳记小小的喑喑声，但一低头看到炳记那圆圆黑黑的双眼时便任凭他要怎样便怎样了

2015

自斟记

0.75 升一瓶的酒不大经喝,多数的时候我都是买 1.75 升大瓶的。一瓶可供七八天的消耗。习惯每夜上床前才来上一杯。一茶杯之量是 220—250 毫升。多了,微醺。少了,不大容易入睡

一夜,杯中已尽,意犹未足,打开木塞想再补上一点,瓶口嘭的一声
之后:
  还要倒呀?(居然开腔了)
  补一点点嘛
  小心变酒鬼呵
我拿高瓶子在灯下照了照。大约还剩五分之一的样子
  就你这几滴我全灌下去也没什么了不起的。哼!从来都是酒随人意,没听过,今天世道变了,还有酒会自作主张的

几十年来酒同我相交莫逆。难得有时感冒伤风地来个小毛病才会将它忘在一角,最多也不过十天半月彼此不理睬。多数之间,酒我之间总是你不计较我的囊橐丰俭,我也不打量你的出身优劣,

不挑剔杯盏的粗雅，不理睬菜肴的有无，不论寒暑，大家都灵犀互通，从来都不会发出这样的言语来。我愈想愈上火，特地又倒了大半杯，恨恨地朝它一望，它的口仍然张着，我贴过耳朵一听，它嗡嗡然地似乎还想说什么不中听的话，我把瓶塞向它口中一压，狠狠地拍了进去。

火发过之后就着那半杯酒，边喝边想我同酒这几十年交往的情形。中外对酒的观念大大的不同。西方人一般视酒为罪恶，成酒鬼毁掉一生的也的确多。一变酒鬼之后早也喝，晚也喝，早上的一杯叫"eye opener"，晚上的一杯叫"night cap"，汽车的手套箱中有酒，办公室的文件柜中也有酒，每时每刻非酒不可，乃至生计、健康全部完了，而且难戒。所以我们很少读到赞美酒的西诗。在中国呢？酒完全是另一番景象。首先酒同诗的关系几乎是密不可分，诗有诗仙，酒亦有酒圣。从孟德的《短歌行》，到太白的《将进酒》，对酒只有赞叹，绝无怨言。尤其那句什么千金散尽还复来，把我骗得惨惨的，我最后的 20 元去了再也没回来，一直要等到月尾发薪。我把他的"呼儿将出换美酒"改作"将儿呼出换美酒"算是略做报复。一辈子与酒为友，走南闯北，太平战乱，豪市穷村，大家从不相弃。最为不易的是它既不是非我不可，我也有过一月两月说不喝就不喝。相互之间无所主奴。就像子美在他的《登高》一诗中所说的那样潦倒新停浊酒杯。因病的缘故，酒杯说停就停，不必去什么勒戒院，又是医生又是警卫使出那么大的阵仗来。

半杯已尽,睡意渐隆。人说斗酒百篇,在我却是斗酒一觉,半篇也无

2015

一个夏午

夏日长。每天五点下班时,感觉像正午刚过去不久,阳光仍猛,不像是一日之将尽,却像是一日才开始不久

每日同一时间在同一高速路入口上路,每日下午五时许又在另一入口上路回家。日日如是,一成不变。今天这个机器内的小齿轮,把同一转式,同一转速转烦了,转厌了,开始犯规了。才下午三点多,就上路回家了

车子才走了十来分钟,车速便慢了下来。这是一日之间还不应该塞车的时段,竟然塞了起来。五条行车线大家牛步地一寸一寸向前挨着。心中一烦,我把车头一拉,来到了一个日日经过却从不曾莅临过的小镇。原本就有点想要一反常态,想要来点变化才提早上路,且随意地才来到这个陌生的小镇。而这个陌生的小镇诸多的似曾相识,倏忽之际,仿佛来到梦中

忽然忆及一个朋友述及他们故乡的事。他说在他们家乡语言之复杂,语音变化之多,有时同一条街头与街尾在某些语音上或语意

上也有其不同。那样多的变异，令人钦羡

而现在这个与我的居处，少说也有二三十公里的小镇，却令我觉得虽然一切街道屋宇的配置不同，但各个的细节与我居住的小镇又一无变化。尤其是有些铺子与我居住的镇上的几乎一个样子。好像是刚从我们那儿搬过来的样子，也有一只红红的大龙虾作招牌，另一家的大 M 字连字体颜色都一样……我是离开了我的小镇呢，还是又回到了那里

在一处荫凉的屋檐边落座，叫了一罐啤酒（同我家冰箱里冰着的同一个牌子，同样的味道）。唉？我提早回家又随意偏离常轨，原不过想求点变化，而一点点变化也这样难得

怎么又是"炳记"

一只小狗我已写过两次,早该够了。但这次真是有其不写不行的理由

前一阵小孙女在一间宠物店,用她自己储蓄的私房钱替炳记置备了一个项牌。约莫一个 Quarter(二十五美分的硬币)大小。一面是绿黑白三色搪瓷的图案,一面刻上她祖母的电话号码及"炳记"的英文名字——Binky

从她很小时叫嚷着"Binky,Binky",但我却从未见过此词是怎么拼写的。乃至我第一次便错拼成"Benky"。其实我的三大卷六千多页的英汉大辞海中,Binky、Benky 二者皆查不到,奈何

炳记已经是三岁了。在人则正是二十一岁的壮丁。早已过了顽童的年龄,所以近来他的童性渐泯而狗性大显了

第一个我们不喜欢的狗性是唱流行歌。以前任邻近的狗如何吠唱,炳记多是一应不理。而最近不一样了,随时随刻只要邻居的狗一

开唱，炳记便也技痒地合唱起来

另一个我们大家都不喜欢的狗性便是他的族群歧视。他完全不理睬他自己的主人也属于少数民族，他每遇黑人狂吠得厉害。有一次，一位五十来岁体重约二百八十磅的黑人老先生来为我们装烤炉，炳记吠得老先生不得停下工作面露怯色。我们劝说："别怕，这小东西不会咬人的。""我被这样的小东西一共咬过四次，你还是把他锁好吧。"

再就是势利，一见流浪汉，或是衣着不怎么光鲜的人也必拼命般大吠。这些都是他与生俱来的兽性，既非我们的训练，更非学我们的典样

除开上述几样有时把我们弄得尴尬而外，炳记仍可说是一只可爱的好狗。小女儿自纽约搬回家来，带回一只她饲养了近十年的猫。炳记已成为那猫的好友。难得吧

卷五　遨　游

病中记

I 醒来

下午一时许进麻醉室。醒时发觉是在一间阴暗的大房中。身覆白布被单,左手边十来英尺处的小床上,躺着另一个病友。陌生的环境,不知是阳世还是阴间,不禁升起了几分惧悚之情

辛词有"布被秋宵梦觉,眼前万里江山"。若把"江山"改作"乡关"或更合我的情况

II 吃药

住院那几天,一天被喂十几种流体固体形色大小不一的药物原应遵嘱分一日三次进食各不同之药丸,但本人不爱分治而喜欢始皇帝式的方法,在晨间七八种药丸一把抓,一次吞下,让它们在肚中各自为政去

III　打针

入院第一日,因为输液,要在手上装一个针头。来了一位五十岁开外的妇人——R/N[①]。在我左手不同的部位扎了三针,右手扎了两针。一共五针皆扎不中血管,痛得我无声地猛问候她的令堂大人。当她轻声向我道歉时,我却微笑地回以"没事!别介意!"看!我虚伪的功夫够好吧

IV　消遣

行动不便,四肢乏力。阅读时,别说一本大书,连一本 Time(《时代周刊》)都拿不住。病中我唯一的娱乐只剩下上 YouTube(油管)听音乐了

提起听音乐,与以前也大不一样。以前是专找新的作曲者,专找不曾听过的乐曲听;现在则回到过去的老朋友群中,回到贝多芬的气概、布朗姆斯(他是我的启蒙者)的深邃、马勒的博大,当然还有百听不厌的肖邦的灵秀。在这些老朋友的优美、甜蜜中,养我的病体

2017.11.20

---

① 美国注册护士。

鸟 鸣

在一九五二年台北新公园的音乐台前面,台湾交响乐团正在演奏贝多芬第六田园交响曲,指挥的名字我还记得,叫作王沛伦。可能是灵感,在第四乐章大雷雨之后——雨过天晴的一个乐章开始的时候,在第五乐章,他用鸟鸣器(所谓鸟鸣器就是小孩子用竹子做的一种玩具,吹起来像鸟叫的声音)增加了几声鸟鸣的声音。那真是我听到的最好听的鸟叫的声音!为什么呢?我今天还想不出原因来。可能是受了贝多芬音乐的影响,也可能是受了贝多芬音乐的配置,我所听到的最好听的鸟叫竟然不是真的鸟叫

入 山

民初音乐家赵元任先生写过一首后来叫作艺术歌曲的歌《上山》,歌词是:"努力,努力,努力往上爬;我头也不回,汗也不擦。"现在我要写的却是入山,入的意思就是进,不是像上山那样,爬到顶就完成了,不是!我现在入山,我要进到山里面去,直线距离可能只有三四十里,可是就算我的脚程再快,我也需要一天半到两天半的时间才能到达我的目的地。我进到哪里,我要与山为伍,与山同居,与山同在,我要住在里面,我要干吗呢?我要在那边认识山,和认识我自己。这是我唯一的目的

2017.12

传 言

传言是美丽的，传言是善良的，传言是悠久的。传言的步度灵快，很轻易地进入心灵深处，长久居停。传言不同于谣言，谣言是经过有心的人刻意制造，生命力不强，时生时灭，在流行的时候，一定有人获益，也一定有人受损；传言同故事也不一样，故事讲究有头有尾，有因果，有喜怒哀乐、爱恨情仇；传言不必要有这些，有可能带一点这样的色彩；传言也不同于神话，神话本来是很有艺术性的、寓言式的故事，可惜受到了坏人的利用，山寨出来一大堆形形色色的宗教，利用这些宗教吸收信徒，利用信徒获得权力、财力，发起战争。战争动不动几十年，有的连绵到几百年，为害人类大过瘟疫。传言的种类繁多，最威武的莫过于张飞将军立马横矛在当阳桥前一声大喝，喝到桥断水倒流；最凄楚的莫过于丈夫被征构筑长城而身殁，孟姜女万里奔丧，其啼声凄楚乃至长城坍塌；最莫名其妙的莫过于花木兰从军十二年，与其同营的刘元度居然分不清其性别；最浪漫而美丽且有诗为证"北方有佳人，绝世而独立……"。传言是庄严的、是伟大的，滋生于一个民族，也彰显了这个民族。如盘古开天辟地、女娲补天、夸父追日、精卫填海、后羿射日、神农尝百草、燧人氏取火、愚公移山……

2018.2

五 界

经过了两年多的折腾之后,经过了一番所谓的检验、诊断、住院、手术、复健到今天,我终于四肢完全不能动。不但是惭愧于所谓的万物之灵,小猫还能够自己洗脸,小狗还能够自己用后腿来抓痒,我却连这些功能都没有了,我几乎愧为一个动物了。所以呢,动物界就要把我驱逐出界

既然不能算动物,那我去做植物吧!可是植物界把我从上到下一打量,上面没有叶子,没有光合作用;底下没有根须,也不能吸收湿气,也不能吸收养分,每天还要靠人来喂三餐,来清理排泄物,这算哪个植物呀?没办法,到矿物界去申请做矿物吧

好了,经过了申请、填表等等,他把我那个表拿起来一看,啊呀,如果这个矿叫作秀陶矿,那也不妥。他就问我,那底下那一栏是什么?我说底下那一栏是我们的数字。他说:是什么?我说是我的年龄,他把表格向我前面一丢,说你晓得我们这个矿物界动不动就是多少亿年,多少百万年,你这个年龄太过皮毛了,不行,不行!矿物界也把我踢出来了

三界都不收我，我心里想：这三界都是阳界，我不如到阴界去试一试吧。一直在五界之间徘徊，日子不大好过

2018.3

嘴的左下角

嘴的左下角是讲这一块肌肤的方位，它的面积只有一颗花生仁那么大小，这一块肌肤跟我身体其他方面一点分别都没有。没有斑痣、胎记，平平无奇，从来没有引起我的注意

最近情形有了一点特别

因为病，一日三餐都由不同的护士轮流喂食，喂食的人手势不同，快慢不同，轻重不同，有时候溅出一滴汤汁或者饭粒，那是很普通的事情。嘴的四周，如果拿花生仁的大小来计算的话，最少有二三十颗花生仁那么大，每颗花生仁的大小平均遭到溅滴的机会，在一个月里面如果超过两次的话，频率已经可以说太高了。现在这嘴的左下角这块地方，我能记忆的是在这三个礼拜之间，竟然遭到了四次的溅滴，这就令我不得不仔细地去追究原因了。我想尽了各种不同的理由，唯一能折服自己的解释是，这一个小地方有它特别的磁力，能将汤汁和饭粒吸引到这个地方来

然而惊奇的事情还不止这一点，既然沾上了汤汁和饭粒，最自然

的方式就是擦掉它，奇怪的是当我擦拭的时候，这块小地方又有一种魔力能够闪过我的擦拭，甚至于经过擦拭三四次后，即使有一次能够擦到它，它还是令我保持着没擦净的感觉

不但如此，这种不净的感觉还会逐渐发起痒来。痒可是一个教人非常难分别，既是生理又是心理的玩意儿。尤其是像我这样手脚不能动的，对痒只能投降。完全不做任何作为，将心里从痒转向到任何一个不相干的地方去，让这痒慢慢自然淡化下去

花生仁大小的一块肌肤居然能这样违逆我，叫我不寒而栗，因为要是全身其他的肌肤以及各个器官都这样的叛逆起来，那还得了

2018.5

遨 游

自从我住进养老院以来,我最喜欢而且百做不厌的就是把这副臭皮囊留在床上,自己就潜逃到外面去遨游。这种遨游给了我很大的乐趣,主要的原因当然是没有躯体的累赘,因为躯体而带来的譬如说饥渴啦、疲累啦这样的麻烦,也就都没有了。而且因为没有体重一两百磅的麻烦,所以不管是跻远、攀高、越深都身轻若燕,灵便无比。最妙的是,养老院当局只要看到我手脚齐全地倒在床上,他们就认为我全部的人都在了,不缺什么了。其实,真的我却在旁边偷笑

2018.6.2

黄　昏

窗外正黄昏,这是我第三万零七百二十一个黄昏,算起来我自己都很惊奇,从来没有想到我竟然过了这么多个黄昏。这个"过去",可不像你在闹市开车,街中几十或者成百的路人那样一闪而过;也不像几万人坐在一个大碗里面看球赛,赛事一完,几万人一哄而散那样的"过去"。我这三万多个黄昏的"过去",它们是排成一路纵队,走在一条羊肠小道上,一个一个规规矩矩从从容容走过去的,而且每一个之间的间隔都是规规矩矩的二十四个小时,一点都不差,一点都没有马虎

黄昏是一个普通的抽象名词,泛指日之将尽,夜犹未临那么一段时间。这个时间的长短,要看季节的不同,经纬度的不同。短的时候,只有几十分钟;长的时候,可以一两个钟头;既没有办法量它的大小,也无法去称它的轻重。既然不具象,当然也无所谓美丑,也没有忧乐的感触。但是,诗人们总是喜欢让黄昏攀附上很多不相干的事物,使它有美丑之分;有的时候还掺入一点诗人自己的情绪,使它有忧乐之别。看下面的例子吧:

"落霞与孤鹜齐飞"不单美,而且很灵动

"停车坐爱枫林晚，霜叶红于二月花"不单美，还美得色彩鲜艳
"江枫渔火对愁眠"这黄昏好像有了一点旅愁了
"夕阳西下，断肠人在天涯"这个就不只是一点点旅愁了，而是天涯沦落的深忧了
"缺月挂疏桐，漏断人初静"有一点点寂寞的感觉
"春潮带雨晚来急，野渡无人舟自横"不单是寂寞，而且寂寞像潮水一般涌来。至于"月上柳梢头，人约黄昏后"，还有"花明月暗笼轻雾，今宵好向郎边去"，黄昏又有了恋爱的喜悦了。所以你看，到了下一回说"三杯两盏淡酒，怎敌他、晚来风急"，你看那种无奈，连几杯酒都解决不了了，一直到"守着窗儿，独自怎生得黑"这就叫作百无聊赖了；再到下面"梧桐更兼细雨，到黄昏、点点滴滴"已经到了无可奈何的地步

2018.8.5

门神、灶神

星期五的下午 Steve 邀我们三个老友去他家聚饮,四个人从下午三点多钟饮到八点多钟,每一个人都有了八九分醉意,Steve 他自己第一个退隐回到他的卧房去纳福去了,我们三个谁都不敢冒险开车回家,就在他家客厅里长沙发上一头一个倒了两个,我自己倒在一张椅背可以放下的单人沙发中,都睡过去了。到我醒来的时候,已经是第二天凌晨一点多钟了,长沙发上只剩下一个人,我也不管他,就自己开车回家了。当我把车停好走向大门的时候,看到一个人背靠着我家的门在那边睡着了,我第一个直觉就是这个家伙也是喝得差不多了,倒在我门口。

我把他推醒之后,他一下站起来就猛讲"对不起,对不起"

我就问他:"哎,你在哪里住?我可以送你回去呀!"

他只一直讲"对不起",再过了一下,"对不起"不讲了,一直望着我。

我说:"你到底是怎么的,要不要我帮忙吗?"

他又等了一下,就说:"唉,大家都知道你是一个无神论者,今天我就干脆跟你说穿了吧,我是帮你看门的,我就是门神。"

"门神?"我突然想起来,家里边每年快过年的时候都会买两张所谓木版套印的彩色的门神,一扇门上贴一张,一个是红脸,一个是白脸。

我就问他:"门神一向都是两个在一起,你怎么今天打单了,只有一个人呢?"他说:"亏你还记得两个,我们本来就是两个,可是你们现在的门呢,在美国这些门不管是穷家小户还是大富翁都是单扇,都是一个门。所以我跟我的搭档两个人就轮替了,一人一个月。"

我就说:"那你们不是就比较轻松一点了吗?"

他说:"你还说轻松,我当值的这一个月还有点事做。当我不当值的一个月就闲极无聊,闲到连一点自尊都没有了。"

我说:"自尊有那么重要吗?"

他说:"当然重要哦,你看我说我闲得很无聊,还有比我闲得更无聊的呢。"我说:"那是谁呀?"

他说:"你还记得灶神吗?"

我说:"灶神我当然记得了,我小时候还偷吃他的灶糖呢。"

他说:"现在灶神呀更无聊了,你看看你们厨房,现在炉子也没有一个,没有炭炉也没有煤球炉,有的只是一个微波炉。说到烧饭嘛,你们家都是这边一个电热器,那边一个电热器,四五个电热器算都是炉头吧。不过一点火星都没有,走到你们家厨房,连点烟火味都没有,所以灶神就无可事事了,一直都闲在那儿。唉,不过最近听说他们还有点指望,台湾有两千多万老老实实的人花了几千亿盖了一个原子炉①，又新又大。可是有一些坏人游说说这个原子炉多危险多危险，还要再花一半的钱把这个炉子拆掉。所以呢，灶神他们就已经上奏玉皇大帝派他们到台湾去守原子炉，现在只等玉帝一首肯，他们就有事可做了。"

2018.10.20

---

① 原子炉很危险，说是一有事故发生的话，整个台湾三万六千平方千米的土地就有可能变成广岛、长崎的情形，把很多人都吓怕了。所以又新又大的原子炉建好了都不敢启用。

两棵树

树甲、树乙，两棵树都一样高，都一样大，从树梢到树底，两棵都呈现一个等腰三角形的样子。树甲是绿的，绿得非常的匀泽；树乙呢也是绿的，不过它绿得比较暗黄。两棵树的树干相距是十八九英尺的样子。树甲时时都有一两枝或者三个不同地方的枝叶会摇动，厉害的时候，整棵树都会摇动；树乙很少动，只有当树甲摇得全树都在动的时候，树乙才偶尔会有一两束树叶动一下，这个我也不知道是什么道理，可能是树甲较嫩，树乙较刚忍的缘故吧。对于这两棵树，很多东西我知道，也有很多东西我不知道。知道的我才说；不知道的，太多了。譬如说：两棵树各自是什么名字我都不知道，它们站了多少年我也不知道，它们是野生的还是人种植的我更不知道。这些不知道还算是确定的，的的确确是我不知道。还有些不知道更怪了，譬如说：两个人站在那边，你早上一睁开眼就看到我，我早上一睁开眼就看到你，看了几十年下来，我们是相看两不厌呢还是越看越憎恶了？而且这个不知道我连假设都不敢，我如果说是相看两不厌，或者我说它们是越看越憎恶，都可能有错，而且可能都不正确。我最终会被人说：这个家伙是"以人之心去度树之腹"。或者讲得更精确一点"以一人之心去度两树之腹"

鲁 钝

我这间病房的三张病床当中的一张空置了三天,昨天晚上搬进了一个新的室友,听护士说他因为在另外一间病房里面跟他的室友吵了架,他们不愿意情况变得更坏,所以就把他搬到我这间房来了。在第二天早上护士送饭来的时候,先送了一盘到他的床边,然后这个护士就匆匆忙忙地走了出去,带了她的上级进了房间,她们咕噜咕噜讲了几句话之后,护士就把帘布围起来,然后就把我的饭送进来,开始喂我吃早餐。一边喂,一边不断看向第二张床,我好奇地就问她怎么啦,她把手掌平平地在颈子下面一拉,完了向天上一指。我知道她的意思是我的室友已经"走了"。当时也没有任何感觉,早餐依然是炒蛋,一个小小的 Muffin(圆面包)跟一杯 Oatmeal(麦片),我也吃得津津有味。吃完了之后我躺在床上,倒在那边心想着,旁边这个家伙今天早餐是不吃了,倒在那边还有一两个钟头吧,又会有人把他搬出去,而我居然在一个不动的、不呼吸的、不思想的身体旁边吃早餐吃得津津有味,现在倒在这边还在自得其乐似的,真是够鲁钝了

2018.12.15

树的轮回：秀陶散文诗选
SHU DE LUNHUI: XIUTAO SANWENSHIXUAN

图书在版编目（CIP）数据

树的轮回：秀陶散文诗选 /（美）秀陶著. --桂林：广西师范大学出版社，2022.10
　　ISBN 978-7-5598-5172-7

　　Ⅰ. ①树… Ⅱ. ①秀… Ⅲ. ①散文诗－诗集－美国－现代 Ⅳ. ①I712.25

中国版本图书馆 CIP 数据核字（2022）第 123945 号

广西师范大学出版社出版发行
　（广西桂林市五里店路 9 号　邮政编码：541004
　　网址：http://www.bbtpress.com）
出版人：黄轩庄
全国新华书店经销
珠海市豪迈实业有限公司印刷
　（珠海市香洲区洲山路 63 号豪迈大厦　邮政编码：519000）
开本：889 mm × 1 194 mm　1/32
印张：5.5　　字数：115 千
2022 年 10 月第 1 版　　2022 年 10 月第 1 次印刷
印数：0 001~6 000 册　　定价：45.00 元

如发现印装质量问题，影响阅读，请与出版社发行部门联系调换。